# The Last Trump Card

## 新編賈氏妙探

## 之30 最後一張牌

周辛南 著

# 目錄

Contents

The Last Trump Card

# 目錄
Contents

出版說明

# 《最後一張牌》的出手

廣受歡迎的《新編賈氏妙探奇案》系列，終於要打出「最後一張牌」了！不同於前二十九本的是，《最後一張牌》是由《妙探奇案》系列中譯本的靈魂人物——周辛南醫師所執筆操刀。

柯白莎與賴唐諾，是賈德諾所創作出來的絕配，這一對妙搭檔，在周醫師以生花妙筆中譯後，除了傳神地保留了原著的趣味之外，周醫師譯筆中特有的現代感，更讓這對二次大戰後初期的人物，活靈活現地在讀者眼前屢破奇案，絲毫沒有時代背景的阻隔。周醫師獨樹一幟的活潑筆調，早已膾炙人口，為國內喜愛《賈氏妙探》系列的偵探迷所推崇，難有人能出其右。然而，周醫師在偵探小說創作上的功力，卻因周醫師的謙藏，鮮為人知。為了讓《賈氏妙探》系列有個更完整而獨具意義的收尾，本社幾經考慮之後，終於決定以醫師耗費多時始完成的偵探創作，作為《賈氏妙探》系列的「最後一張牌」。

《最後一張牌》故事主角，為一位實習醫師，以周醫師的醫學專業背景，再加上多年來鑽研偵探小說的深厚功力，本書曲折懸疑的推理過程，自是不在話下；而本書中有一段，以四柱八字作為追查命案某一特定對象生日的手段，更是令人耳目一新。縝密的推理，再加上風格獨特的文筆，相信讀者在讀完本書之後，一定會大呼過癮，回味無窮！

# 第一章　違章建築五星級宿舍

（七十四年九月二十九日　D減二日）

忙了大半個早上，把自己的行李、書籍從見習醫師宿舍搬到同學家五坪半的房間，張志強在十一點過一點才算忙定。

推上最後一只整理好的抽屜，再把顯然是為了他要來住才新買的寫字桌桌面拭抹一下，張志強站起身來。長期和多人共住一間宿舍的習慣，使他順手把椅子向寫字桌肚下一推，傢俱不多的房間更寬敞了一點。

張志強退後一步，心中頗感激這位多年的同班同學，不知將來當如何回報。公立大學醫學院第七年是實習醫師，一律在自己的附屬醫院實習。原則上是住醫院宿舍的。但是這一年醫院在拆建，宿舍奇缺，所以院方鼓勵第七年的實習醫師除值日及實習內外科加護病房外，可以在外面自己找房子住，只要一早能到，住處有電話就可以。

張志強是沒有能力自己在外面舒服地租房子住的。一定要申請宿舍也並不是十分困難，但是同班同學倪家羣一再誠心邀請，而且他家離醫院又近，所以才搬了過來。

五坪半的房間，有自己的衛浴，在出身微寒的張志強看來，已經像五星大旅社的客房一樣豪華了。他出身本省南部農家，歷代務農，家裡兄長姐姐多，活到二十五歲，還從來沒有一個人住過一間房子。

倪家羣是他高中一開始的同班同學。高中三年裡，兩個人非但稱不上是好朋友，而且因為出身不同，課餘消遣方法也完全不同，功課上競爭又十分激烈，所以甚至可以說是敵對的。但是高中畢業後，兩個人同時考進國立的醫學院，一方面由於年齡漸長，思想開始成熟，另一方面因為在當見習醫師時，兩人在醫院裡又分配到同一間宿舍，所以才真正的成為互相了解、尊重的好朋友。

張志強看看已鋪好被單的床，床頭是那張寫字書桌，雙管日光燈又可作為床頭燈，十分滿意。想想自己在家中的確是個變種、怪胎。祖父一輩可能是文盲，父母都是十分安分知足的鄉下人，兩個哥哥受國民教育時都被分在放牛班，兩個姐姐早已嫁人讓父母抱外孫、外孫女了。唯獨他自己沒有上國小，就已經從電視上學到很多很多國字了。腦子就像照相機一樣，看過的東西不太會忘記，理解力又高，求知慾又大。上學後，自己漸漸也發現到，只要是見到有字的紙，不論有用沒用都要看，看了還都會記得。

他不敢說自己在這方面有天才，但是他同意老師說的：天才的產生是偶然的，和教育無關，和上一、兩代祖先的素質也無關。

然則，像他那樣能啃書的人，假如沒有強迫性的國民教育，他必然是強迫性的在種田了。又假如沒有國立的大學，或是務農者漸漸也經濟寬裕起來，醫學院教育更是絕無可能。

單人床靠腳的一頭，是一排靠牆的舊書架。本來可能不在這房裡，為了他要住進來，才特意搬過來的。現在已經裝滿三分之二他帶過來的書了

他帶過來的大部分都是翻印的原文醫學書籍。翻印、盜印本來是不對的行為，但對他這種窮學生來說，倒真是福音。張志強看看沒有分類，只是向上一放的原文

書，微積分、大學物理、有機化學……那是大一的時候買的；生理學、解剖學、生化學……那是大二的時侯買的。買這些書的錢都是做家教得來的報酬。做家教也很有意思，他第一個家教的女學生教了九個月，考上台大，如今已經大學畢業，出國深造了。要不是自己醫學院要唸七年，說不定正好到國外去追追她。

細菌學、藥理學、化學診斷、物理診斷……這些是三年級的書，三年級之後就沒有那麼多空閒時間做家教了。好在兩個哥哥不斷在他回家的時候塞錢給他用。父親母親雖然一再問他錢夠不夠用，但是他從沒伸過手。家中房子加蓋了，整修了。好像改種玉米了。之後，兩個哥哥主動爭著從郵局寄錢給他用。

他自己只是個書呆子，有錢只捨得買書。買書還只買必要的書。由於看書很快的關係，他最喜歡逛書城或是光華商場的書攤。一本書只要到他手，他喜歡從最後一頁往前翻，沒三分鐘，大致說些什麼已知道了，再選重點看幾段，這本書就不必買了。儘管如此，內涵深的、想要隨時參考的、想要仔細研究的書，仍是買不完的。

他的書架裡有幾本橋藝的書。柯柏孫、高倫的經典作及十幾本薄一點本省專家的著作。那是高二、高三大家一窩蜂打橋牌的時候買的。他懂了橋牌玩法後，還從來沒有正式比賽過。買這些書一方面是當智力測驗題來解，另一方面是上廁所、上床睡覺前拿來絞一絞腦筋的。相同情況的書還有圍棋定石、象棋棋譜和西洋棋等書籍。這些他都沒有實戰經驗，但是說來頭頭是道，同學們稱他為理論家。他則自命為雜家。

有十幾、二十本書是中醫的書，凡中醫師特考檢考必讀的書他都有，如醫宗金鑑、內經精義等等。有人要是翻開他這幾本書，還可以看到上面用鉛筆畫的線條和旁註。用鉛筆一面看、一面標點旁註，正是他仔細研讀、做學問的習性。

書架最下一層全部是算命書。十幾本是紫微斗數的書，有三十本左右是子平四柱八字算命的書。那是在醫學院二年級的時候，他們房裡來了一個藥科的室友，那位室友是玄學世家，一再聲稱八字算命有其研究價值，愛好看書研究一切學問的張志強才跟著一窺堂奧的。這一堆書裡有萬年曆、窮通寶鑑、三命通會、阿部泰山全集和很多近賢的名著。

重要的幾本醫學教科書，都放在書桌靠窗書架上，克利斯多夫外科學、西塞爾內科學等都是最新一版的。胸腔外科學、腸胃內科學、婦科、產科、眼科、耳鼻喉科、精神科……等教科書，都是每天隨時要參考的。張志強只要遠處看看書的厚薄、顏色，就知道是哪一本書。

其他在書架裡的只有電腦語言及軟體的書。書架裡沒有藝術音樂方面的書。張志強沒有這方面的細胞，看不懂現代畫，不能欣賞詩詞，而且，五音不全。

書架裡也沒有小說。倒不是他不看小說，他沒時間看風花雪月、才子佳人、愛琴海、地中海之類的言情小說，但是他愛偵探小說。凡是偵探、懸疑、推理、科幻、間諜的小說，無論原著或翻譯，他沒有不看的。他雖然自己不買，但是租來看、站在書店裡看、借來看，或是搶時間看。所謂搶時間看，就是趁別人睡的時候借來看，第二天一早再還。

高中的時候，他也看過武俠小說，那是因為正好碰上金庸熱潮，同學天天在討論黃蓉、小龍女，要是插不上話就落伍了。他曾有過在兩個禮拜裡把金庸十一部名著全部看完的紀錄。但是後來他只看了別的一、兩部武俠小說，就又改變興趣了。

說起金庸的武俠小說，又想起他筆下的黃蓉：美麗、聰明、專情，對她看不上眼的人很會刁鑽古怪地作弄，但就是死心塌地的喜歡楞小子郭靖。張志強現在的女朋友也是如此，自從醫學院三年級，她考進護理科後，她的影子隱隱約約的始終沒有離開過。這是不是佛曰有緣呢？

「小強，你在想什麼？連我進來都沒有注意。」

張志強嚇了一跳。回頭一看，好朋友倪家羣已經進入房內，自顧向一張小沙發坐下。

小強是最近八、九年大家叫他的別名。高中一年級，他和倪家羣同在建中就讀，同班另有一個名字中也有個「強」字的，個子稍胖，大家叫那個同學大強，因而就叫他小強。因為當時流行一本漫畫，漫畫書的主角就是好動冒險的大強，和只知讀書、懦弱的小強。當時被稱做小強是多少有點嘲弄意味的。但是張志強自信心很強，他身材不小，一點也不懦弱。而且過不多久大家看出了他絕頂的聰明和超等的記憶力，「小強」反而成為了不起的一個稱號了。倪家羣就一直叫他小強到今天，而且由於倪家羣叫他小強，醫學院裡雖然沒有大強，但是大家也一直跟著叫，甚至連老師也以為他叫張小強，也跟著叫。

「噢，對不起，」張志強說：「是我一時想出神了，沒見你進來……既然這裡我住下來了，我就是主人，你變了客人。我借花獻佛，倒杯開水給你喝吧。」

說著，也在另一張小沙發，隔著一張小茶几，和倪家羣並排坐下，伸手向茶几上他同學為他準備的熱水瓶和茶杯摸去。

「不需要了。馬上吃飯。」倪家羣做個手勢說：「說起這裡你是主人，我是客人，我要給你抱個歉。你住在這裡是有絕對隱私權的，隨時可以把門關上，沒有人會來打擾你。剛才一則是你房門大開，二則是我看你出了神，所以自己進來了。以後我一定會敲門的。」

「別那麼說。」志強告訴他：「我剛才就在想，你對我那麼好。老實說，看醫學院和附屬醫院如此拆建的情況，我不相信申請得到宿舍。即使有地方住，又哪能和這裡比，又近醫院，又可以靜靜的看書。我剛才還在想，這份情如何還法，你就進來了。」

「小強，我的想法正好和你相反。我家在八年之前你就來過了，那時候和現在相差多少，一切你也是親眼目睹的。那時候哥哥、姐姐在讀大學，我和你一起唸建中。父親官大，家中車水馬龍，我們一個月都難有一次湊齊全家五個人吃一頓飯的機會。要不是如此，我們那麼大一個家也不必另外在後面院子裡加蓋這三房一廳的違章建築。那本來是給哥哥、姐姐和我三個人住的。」

「現在倒便宜了我，我剛才在想，這是我的五星級大旅社呀。」志強說。

「你看才沒幾年，父親失勢了，母親長癌過世了。父親想念母親又中了一次風。哥哥在國外的工作放不下就是回不來，姐姐雖結了婚住在家裡，但是兩夫妻一起住在家裡的時間難得又難得。我們家人丁太少了，你來了可以熱鬧一點，陽氣重一點。」

「我一直不太清楚你姐姐和姐夫，」志強問：「他們是做什麼的？」

「姐姐和姐夫是搞國外旅遊事業的。」家羣說：「旅行社他們也有股份，但也自己帶團。他們十個大學同學一起創業，每年選一個人做經理，經理不出國。其他九個人，從客人報名參加一個團開始，辦手續、辦講習、帶去結匯、帶上飛機，一直到帶團返國統統包辦。

「旅行社只請四個女職員坐辦公室。帶一個二、三十人的團，國內接手大概是出國一週前，常規都由職員辦妥後開始。國外大概十多天到三十二天左右。工作雖然辛苦，不過還滿賺錢的，只是他們夫妻倆平均三十幾天只能在家待五、六天。先生在台灣的時候，太太又不一定在台灣，兩個人也不敢有孩子。」

「伯父身體好一點了沒有？」

「家父身體是不錯，但是我堅持你住到我家裡來，和這件事也有關係。你看，我父親一天到晚坐在輪椅裡。其實我認為他不需要輪椅，他這輪椅是『心理性輪椅』，不是生理性的輪椅。」

「這話怎麼說？」志強問：「我可沒聽老師說過輪椅還有心理性和生理性的分別。」

「這是我自創的名詞。」家羣說：「你看，我父親是有過一次腦血管意外，差點沒過去。但是因為我自己學醫，我父親住的又是我們學校的附屬醫院，所以五個月就出了院。你看他說話清楚，嘴巴不歪，眼皮不垂，左手力量雖小一點，但是還可以端起滿滿一碗飯。他上下床、淋浴都不用人招呼，但是他不見客，也不太出房吃飯，如果一定要出來，就非坐輪椅不可。」

「他在哪裡吃飯呢？」

「書房呀。」家羣說：「他早上自己起來，我相信他上洗手間等等都是不用輪椅的，但是一離開房間，他就離不開輪椅。而且他一進書房一定留到十點以後才回房。」

「他做什麼消遣呢……對不起，我只是好奇而已，無意——」

「沒關係，」家羣說：「我知道他只有兩種消遣。他是大陸輔大歷史系畢的，漢學基礎非常紮實，來台後一面在公家單位工作，一面還在大學兼課多年。父親現在就是在整理些大陸上帶來和在台灣買的書籍。我相信他在寫歷史的書。另外一種消遣就是看錄影帶，他每天大概會看三、四卷。都是暴力、偵探、武打的。」

「你的『心理性輪椅說』是怎麼來的？」

「喔！你要知道。」家羣說：「我父親是在最能替國家做事的時候，因得罪小人而下來的。丟官對他影響不大。他是唸歷史的，歷史上這種例子比比皆是。」

「嗯，我這個事後諸葛亮還斷過『傷官見官』呢。」

「我告訴過他，他也哈哈一笑。我父親對丟官真的不在乎，這反倒使他有機會和家人親近。他曾一再說塞翁失馬。但是接下來母親突患肺癌那麼快過世的事，對他打擊實在太大了。連你這個事後諸葛都無法解釋了。」

「業餘騙人鬼怎麼湊也湊不出說詞來。」

「所以他就中風了，但是中風是絕對復原了，然而他心裡對我母親的想念和愧疚沒有減輕。

他覺得坐在輪椅中想念她，可以在靈性上接近她一點。

「現在你來了，我們家人丁旺一點，說不定可以慢慢恢復晚上一起吃飯，給他做點心理復健。」

「希望我能幫得上忙。」

「喔，聊著聊著我把正事都忘了，」家羣說：「今天中午在家裡給你接風。」

「那怎麼可以。」志強說：「我已經……」

「倒不必客氣，第一，我們家裡不正式開飯。廚房冰箱裡今後有什麼，你自己動手做也好，吃也好，不必客氣。剩不多的時候老胡會補充的。你要客氣了自己沒飯吃。

「第二，今天不是專誠請你的。今天正好姐夫、姐姐都在台灣，他們星期四要分頭帶團出國，所以安排和父親一起吃頓飯。

「第三嘛，我還請了一個你想不到的客人。」

「什麼人？」

「林淑貞呀，我叫她來看看我沒有虧待你。將來你瘦了，不要怪我。」

「倪家羣，你怎麼能……」

「算了，我請她一次，她下次來看你才不會尷尬。吃飯時間定在十二點半，我請林淑貞十二點一刻來，你準備一下吧。」

「好吧，我準備一下，我會早點到前面去。」

# 第二章 家宴

餐廳是在前面大的磚砌大平房裡。餐廳很大，用一個貼著金黃色大理石的櫃檯和上面的活動絲光軟拉門與大客廳隔開，在拉門打開時餐廳可以權作一個吧台。張志強可以想見當時中外佳賓參與雞尾酒會的盛況。

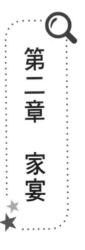

餐桌是黑檀木雕製品，原本配有十三把黑檀木高背椅，讓十二個人圍坐，還有足夠的活動空間。桌上鋪了一塊大小合宜的鈎紗桌巾，上面壓了一塊淺茶色的圓形厚玻璃。玻璃上又有一個塑膠玻璃轉盤。

張志強在這個餐廳吃過好多次飯。每一次他都感覺到，老式藝術傢俱在房子日漸歐化的今日，並不一定要退位讓賢。像這一套純中國式的黑木料餐桌，在歐式皮沙發、地毯的客廳，乃至四圍有洋酒櫃、各種品酒杯的當中，仍能透出高度的存在價值和特性。

西洋心理學家做過實驗和調查，據說大紅色最能刺激食慾，所以餐廳紛紛以大紅為裝飾。美國西部一家有幾百個連鎖店的泰德炭烤牛排店，就根據這理論，每個店都是紅壁紙、紅地毯、紅桌椅。

張志強沒出過國，沒有在火紅的房間裡吃過飯。但是他可以保證，任何一位被倪伯父在這餐聽請吃過飯的洋大人，一定都猛叫好吃，吃得比誰都多。

這時餐廳裡大家已就坐。坐在主位的是倪家羣的姐姐。她把林淑貞安排在自己右手，然後是張志強。她把自己先生安排在自己左手邊，再來是倪家羣。她的正對面，留了一個大的空位，前面有副餐具。張志強知道這是留著等倪伯父和他的輪椅的。

老胡站在通廚房的門口。老胡是個退伍榮民，自十二年前退了伍一直待在倪家。倪家本來除了老胡還有一個女傭管打掃、一個女傭管平時的煮飯和一個公家的駕駛，現在只有老胡一個了。老胡六十出頭，身體十分健康，一個人住以前兩個女傭住的地方。倪家羣的姐姐又在自己旅行社裡給他補了個不領薪的工友職位。旅行社每月可報銷九千元薪資減少付稅，而老胡也有個勞保。

餐桌上菜已放齊。一看就知道只有湯是老胡自己準備的，其他都是附近小館的傑作。

盛著湯的大號方型康寧燉鍋，放在桌子當中。此時玻璃蓋已取走。燉鍋裡有隻烏骨雞——看來是如假包換的雜種土雞；一大塊火腿——連皮帶一點白色的毛，沒有分塊切開，和六個白白嫩嫩的雞蛋。湯面上有層淺淺的浮油，裡面的熱氣絲毫沒有透散出來。那麼好的湯，此時此地放在倪家的餐桌上，卻讓張志強突然想起了成功嶺受訓時大鍋飯的景色。也許知道這個湯是老胡精心之作的原因吧。

湯的旁邊圍著六盤菜。菜已經有點涼了，想來是外面小館炒好送來至少也有二十五分鐘以上了。

「哈！」一個聲音打斷了眾人坐定後的短暫沉寂：「好久沒有這樣盛會了。」倪家父親自己轉著輪椅過來，停在為他留好的位置裡。

所有人紛紛起立。

「請坐，請坐。」倪老先生說。

大家原位坐下。老胡走過來，站在倪老先生後面，不是十分必要地把輪椅向前推了半英吋，充滿關懷和忠心。接著自倪老先生前面拿起一塊橘黃色餐巾，放到他已經鋪了條薄開士米毯子的大腿上。

「謝謝你，老胡。」倪老先生說：「這一晌忙你一個人了。」

老胡沒開口，退後到老先生和通廚房門中間的位置。

姐姐開口說：「爸爸，這位林小姐，你見過的，是小強的好朋友。小強已經搬進來了。我們以後要叫他張大夫了。」

志強和林淑貞因為腿上放了餐巾，所以只得半站著表示敬意。林淑貞紅著臉訕訕地坐下。張志強說：「伯父和二姐還是叫我小強吧。」

二姐夫說：「爸爸，今天是特殊場合，我們喝一點酒吧，由你來指定。」

「好極了，有兩位未來的大夫在場，我最近血壓又很正常，喝點酒沒關係吧。」倪老先生高興地說：「上一次你從南非帶回來的那六瓶葡萄酒，我一直沒機會品嚐，今天我們六個人至少該喝它個四、五瓶。」

老胡打開玻璃櫃，拿出六只葡萄酒杯，每個約十五公分高，大概四公分的杯腳，是水晶雕花鬱金香形的中等大肚杯。

張志強看著面前這些酒杯，至少已經八、九個月沒有用過了，但是一丁點小灰塵也沒有，可見老胡一定時時擦拭。

老胡自櫃下拿出一箱酒，逕自去廚房開酒了。

「吃中菜用葡萄酒，有先天配合不起來的因素。」倪老先生說：「你們看，喝葡萄酒一定要用這種杯子，絕不能用上面呈三角形的香檳杯，更不能用大肚小口的白蘭地矮杯。但是葡萄酒杯太高了。外國人用餐，葡萄酒杯放在長桌中心線上，每個人的手絕不會超過自己的酒杯再向前伸。但是吃中菜時，大家的手都要伸過酒杯夾菜。一餐飯下來很少會不打翻自己的酒杯的。」

「洋酒開放已經有段時日了。」二姐夫說：「說不定將來我們的飯店會發明放在玻璃杯裡喝。」

「製葡萄酒雖是賺錢的工業，」倪老先生說：「但我們去喝它的人，應該視為藝術品來欣賞。這樣雖然花相同的錢，但心理上可以得到很大的滿足。要是叫我把葡萄酒倒在缺了口的玻璃杯裡，或是變黃的塑膠假玻璃裡牛飲，我是殺掉頭也不幹的。」

「爸爸就是個固執人，」二姐向林小姐解釋：「做什麼事，要什麼工具，這是他的口頭禪。他連喝不同的咖啡，都要用不同的杯子。」

「我同意爸爸的看法。」二姐夫說：「你們兩位準大夫可以試試，上街找一只看得順眼的馬克杯，以後每次喝咖啡都用這只杯子。兩個禮拜後，你會發現用別的杯子喝咖啡都不對味。再兩個禮拜，你會發現，用這只杯子，一杯在手是一種享受。到那個時候，就會如爸爸所說，心理上的享受就多得多。」

「到那個時候，」倪老先生說：「你們可以開始自己調製咖啡。在忙的時候，輕鬆的時候；在心情好的時候，心情壞的時候，來上一杯……」

這時，老胡出來，上身換了一件和餐巾同色的中山裝式制服，手中抱小孩似地抱了一只竹籃，一瓶已開瓶的南非葡萄酒斜靠在籃子裡，上面還包了塊一樣的餐巾。

老胡走到倪老先生身後，在倪老先生酒杯注上兩公分深的葡萄酒，嘴裡說道：「不夠冷，其他的在冰裡。」

「老胡，你怎麼啦，真開宴會啦？」倪老先生說：「自家人，不必忙了。」

「久沒熱鬧了，倪先生。」老胡說：「高興嘛。」

倪老先生用右手端起酒杯，食指和中指在杯子的前面，大拇指在杯子後面，無名指和小指虛夾著杯腳。他把酒在鼻子下一聞，先淺嚐一小口，再一口把杯中的酒全部吞下，一本正經地點點頭，老胡才走到二小姐前面把她的酒杯斟了八分滿，然後兩個方向分別替林淑貞、二姐夫、張志強、倪家羣，最後也給倪老先生倒滿。當中他還跑了一次廚房，又開了一瓶酒。

大家都沒有開口。除了林淑貞對這有些傷感的靜默不明所以之外，其他的六個人，心裡都各有不同滋味。

「來，喝點酒。」倪老先生說：「菜都快冷了，還好湯很熱。老胡，幫個忙，把火腿拿下去切切。」

大家舉杯，喝了點酒，向倪老先生示敬。二姐開始向林淑貞碟子裡盛菜，其他人也開動了。

「爸爸，南非的葡萄酒怎麼樣？」二姐夫問。

「南非雖然在南非共和國成立之前老早就出葡萄酒了，」倪老先生說：「但是那時候在歐洲的銷路卻一直打不開。只能銷到荷蘭、西班牙、葡萄牙在亞洲的屬地去，至少運費省了一半，因為當時歐亞交通是要經過好望角的。

「而且，原先南非的葡萄品種也不好。歐洲人士是不喝的。後來有一個新教徒，冒死從南非偷偷回到法國，又冒殺頭的危險從法國偷運葡萄苗到南非，南非才有了好葡萄。當然，今日的南非共和國科學發達，做酒的技術也高明了，在世界上也有固定的市場。今天我們喝的，即使以法國葡萄酒的等級來算，也不算差了。不過比起真正盛產年份的好葡萄酒，或是法國幾個有名的小農莊、修道院純手工釀造的酒，是絕對無法相比的。」

二姐夫說：「我以前聽過爸爸對紅葡萄酒的理論，後來我帶團出去，在義大利、法國也經常叫紅酒喝，但怎麼喝也喝不出有什麼差別，真是不懂這兩個國家的上流社會人士，為什麼要在吃飯之前一直討論，還要聽別人建議今天用什麼酒？是奇怪。」

「你們邊吃邊聽，」倪老先生說：「我來跟你們談談葡萄美酒，幫你們增加一點將來在社交上的適應能力。」

老胡把湯第二次端上桌來，又帶上一大盤又熱又白的大饅頭。

倪老先生很高興，顯然這是他喜歡吃的。

老胡拿個空碗，用公筷夾了些火腿，又裝了些湯到碗裡，放在倪老先生前面，倪家羣拿了一個饅頭放在他父親面前。

二姐用湯匙把燉得爛熟的雞小腿切了下來，傳給二姐夫，由二姐夫老遠經過大桌面，放進倪老先生前面的空碟裡，一路上還要留意怕碰倒了葡萄酒杯。

倪先生點點頭說：「你們偶爾喝一次葡萄酒怎能分出好壞來。葡萄酒是歐洲文化，連美國人也只是湊熱鬧而已。

「我們今天先不談以目視來辨別好壞的那些講究，但至少它一定要澄清透澈不混濁，沒有半點雜質而且顏色正常。我們也不說它聞起來的差別，但是至少不能有酒精沖淡了的味道，或是葡萄發酵了的味道，嗅起來要醇而不是甜。

「我今天單只告訴你們葡萄酒嚐起來的差別。

「你們下次出國帶個十幾種不同年份、不同產品的紅酒回來。一個人躲在房間裡分別品嚐一下。先含一小口在嘴裡不要吞下去，閉上眼睛。紅酒是最可以用女人比擬的。你把酒含在嘴裡，閉上眼睛後用心去想！這種酒要是比作女人，是怎樣的一個女人。

「有的女人是快要成年，含苞待放的。有的是小家碧玉，澀澀的，稍有一點不夠開朗的味道。有的就是大家閨秀，堂堂正正，非常嫻靜。然後你會發現有的酒特別成熟，特別敞亮。有的非常甜蜜，也有的非常潑辣。你甚而可以品出，潔身自好、澹泊寡欲、同流合污、淡妝濃抹，甚而潦倒不堪來。

「當然沒有紅酒是像我剛才那樣絕對分別的，多半的酒混合了好幾種特質。

「有的是下嘴容易後勁足的。有的是入口凶，沒有後勁的。有的容易引起頭痛，那是因為三碳以上酒精的關係。我們人對乙醇忍受力高，但是丙醇、丁醇、戊醇的應付能力就很差。

「你嚐過三、四十種紅酒之後，大概就能了解紅酒的特性了。有的人喜歡每次用餐喝相同牌子、相同年份的酒。但有的人就像你剛才說的，不同場合用不同的酒。邀請女朋友、情婦或和太太用餐，要研究不同的用餐酒。」

「原來有那麼多講究，我下次試試。」二姐夫說。

「試試請情婦和請太太吃飯用不同的葡萄酒？」倪家羣問。

「我怎麼敢，我是說試試辨別不同葡萄酒，不同的味道。」姐夫說。

大家哈哈大笑。

大家又互敬了幾次。第三瓶酒很快就喝完了。

「伯父你看現在在喝的酒，假如用女人來比的話，是哪一種女人呢？」張志強問。

倪老先生拿起酒杯，喝了半口，在嘴裡含了一下，慢慢喝下去：「是完全成熟了，只有甜，沒有一點澀。但是因為太成熟了，也嚐到了成熟的苦味。有葡萄酒應有的醇，很專情的。我覺得她像個再嫁的寡婦。」

大家都笑了。

「我年輕的時候在歐洲、美國的大使館都待過，常揣摩其他國家的文化。其實我不十分喜歡葡萄酒，倒真喜歡我們自己的狀元紅。溫過的狀元紅，才真是享受。」倪老先生說：「小強，你別看我們家裡洋派，西洋文化我只學會咖啡一樣。其他的我雖然懂，但是都不頂喜歡。中國文化我件件研究，也是我老本行。但是只有一件茶道學不來。我喝咖啡，不喝茶。」

大家又大笑。

張志強看得出，二姐、二姐夫和倪家羣都刻意討好倪老先生，希望老人家高興。

因為倪老先生這些理論在張志強和林淑貞雖是第一次聽到，但是他相信倪家羣他們一定聽過不止一次了，但他們還是照樣津津有味地聽著。

「伯父真是見多識廣，」張志強知趣地說道：「要是常能聽到伯父講話，一定能增加很多見識。」

「算了，小強。」倪老先生說：「年頭不同了——不對，應該說時代不同了。本來，人之所以能做萬物之靈，是因為人能交換意見，上一代的經驗可以經過語言傳給下一代，代代相傳，知識就多了。但是人傳人的法寶用了幾千年，到了最近十多年完全不同了。知識爆炸引起科學爆炸，科學爆炸又引起知識爆炸。突然間，人的知識不必靠上一輩教導了，改由傳播媒體負起這個責任。如今父母倒應該向子女學新知識，否則就要落伍了。你看，你們這五個年輕人，我還能教你們什麼？我告訴你們，我雖然是坐六望七的年紀了，但是還趕得上時代，我知道老一輩的經驗不值錢了，再跟小輩說自己經驗就落伍了。」

「爸爸怎麼會落伍，就憑你說的知識爆炸、科學爆炸互為因果，就使我一下子了解了世界上最近廿年變化的全部原因了。」二姐夫說。

大家又是一陣哄笑，倪老先生把一碗湯和饅頭吃得精光，意猶未盡，老胡又給他加了大半碗。

一桌子人，包括幫化的老胡，都融入了和樂的氣氛中。

「林小姐，」倪老先生怕冷淡了林淑貞，開口問道：「你的白衣天使做得有興趣嗎？會不會怕怕？」

「不會，伯父。」林淑貞看著老先生，文靜地回答。

「我記得你一、二年級的時候來過我家。那時候聽你說起過個性不是很合適。」

「是的，伯父，您記性真好。」林淑貞說：「高中時我家中狀況不怎麼好。那時都覺得大學裡最有出路的是醫學院的護理系，所以我才決定念護理系，希望可以早點幫助家裡。不然，我是想唸圖書管理的。

「就是因為這樣，我在開始的一、兩年心情不太穩定。」

「現在呢？」倪老先生問。

「現在因為接觸的病人多了，覺得病人也需要有專業訓練的護士照顧他們，所以相信了護理工作實在是一種事業，不是職業。」林淑貞說。

「再說另外還有個好處哩！」倪家羣說：「做護士可以看緊醫生男朋友在喝什麼葡萄酒。」

大家又哈哈大笑。

「小強，」倪老先生說：「明年這時候，你和家羣都要畢業了，你有什麼打算？」

「我還沒有決定。」志強說：「我是從鄉下來的，每次回到鄉下，總覺得鄉下的醫療工作不夠落實。我唸高中的時候曾下定決心，要是我能考上醫學院，畢業後我一定回鄉服務。現在真的快畢業了，反倒猶豫了。」

「是不是想在都市賺錢了？」

「倒不是想賺錢，我自己命中『劫財高透』，以做公務員為宜，絕不是賺錢的命。實在是目前的制度尚未健全。今日偏遠地區的醫療工作因為名大醫院輪流派醫生到衛生所駐診，所以暫時獲得解決，但是仔細想來，大醫院的住院醫師，在四年訓練中，被派去一個偏遠地區衛生所工作兩、三個月，在他不過是人生旅程中的一小段。他和這裡的村民沒有感情，村民身體上的病，他可以治，但親切和互信是沒有的，大都市派去的學生，有時甚至嫌他們這個、那個。在我看來，總不如本地出生的子弟可以安心在當地服務，除了診病之外，病人醫生之間的關係更為密切。」

「你不是正好想回自己老家去服務嗎？」倪老先生問。

「想是想，但是，這樣做的話，要不了三、四年，我自己就會覺得落伍了。再過三、四年，初出醫學院的毛頭小醫生也覺得我落伍了。又再過幾年，連地方上的親友看我也落伍了。」

「照你這樣說，將來誰可以下鄉生根呢？」

「也許一般開業醫師科正式成立，鄉鎮衛生所醫師每年回母校做一般開業醫師三個月；也許政府應該鼓勵年老的醫師半退休到鄉下，以一半的時間在衛生所服務；也許都市醫生太多，謀生不易，漸漸擠到鄉下自然解決。反正我不知道這問題將來怎麼解決。」

「不回鄉下又作什麼打算呢？」

「醫學院快要畢業的同學困擾也是很多的。」家羣接嘴說：「留校作助教吧，都是前期的系才有缺。想留在教學醫院完成住院醫師訓練吧，兩個人中只有一個人有希望，而且熱門科別爭得太厲害。再說這種競爭表面上說和畢業成績有關，實際上毫無關係，真是各顯神通。到別的大醫院申請住院醫師訓練的話，更有派系之別，熱門科別根本不容易申請，即使申請到，還要看主任和當年的總醫師是哪家學校畢業的，才能看給你的機會多不多。」

倪老先生說：「時間過得很快的，這一年，你們兩個應該多對畢業後出路研究研究才對。」

張志強說：「我可能會申請做公務員，將來向預防醫學、食品檢驗、公害防治這條路去走。我覺得國民收入提高了，生活品質提升反倒困難。這些工作將來可做之事尚多。說不定行行出狀元，現在沒人去，將來大家爭呢。」

「家羣，你呢？」

「小強給我算過命。說我『身強用七殺』，『食神傷官』力量又比『印』大，應該做外科醫生。」倪老先生斜眼向他一看。

家羣立即知趣地補充：「當然，絕不是因為他說我可以做外科醫生我才去做外科醫生，實在是因為我太想做外科醫生了，所以小強才鼓勵我，說我可以做外科醫生。」

「嗯，你們年紀太輕。」倪老先生說：「不可以迷於命運之說。即使真有命中註定這回事，也要用『勤』和『誠』來改變命運。小強，是嗎？」

「伯父教訓的是。其實我是什麼東西都喜歡學。到現在為止，沒有一件學精的。」

這時老胡端上了已剝好皮的麻豆文旦，和切好的柳丁。

倪老先生說：「小強，聽說你的算命已有點上段了？」

「絕對不能這樣說，老伯。」志強說：「我看到一本書上說學子平八字分為排演、測象、斷命三個階段。我認為大學生學排演的『排』，只需要兩個星期。學排演的『演』需要有人介紹看上二、三十本書，大概要花上一年的時間。但是排演還是很容易學的。至於測象，是中級的，我也只能算學到一半而已，哪裡敢說斷命。」

倪老先生說：「你既然深入了一半了，你認為這玩意兒的可信度怎樣？」

「報告老伯，我……」

「我現在不做官了，不用報告了。」老先生說。

「是的，伯父。」志強說：「在成功嶺訓練出來的口頭禪，一緊張就說出口了。」

老先生拿了些切開的柳丁給張志強，又叫二小姐招呼林淑貞，轉頭看向張志強。

張志強說：「我認為面相、手相、紫微斗數、四柱八字是古代的一種統計學。但是古時的記載不易，傳播工具不發達，到底那些記載的人，要看到多少凡例才會記載上書本，實在無人得知。

「但是最近十多年來，台灣在這方面的近賢新著如雨後春筍，一下子出了三、四百種之多。

「有一位日本漢學家到台灣來想找幾本中醫近著，找了半天也不見兩、三本，但是卻見到那麼多命相書，而且除了抄錄古書外，多少有點自己的心得報告，認為相當有趣。

「這些新書，我承認我都翻閱過。新作家中，有的相當敢斷。我認為斷『過去』或『古人』容易，因為可以用各種方法解釋。但是斷未來，實在是要有點勇氣。

「我很高興能做個醫生，又學了一點子平。我可以用自己和同學的力量，收集重病、手術、急診、兇亡人的八字，這樣過了十年、二十年，假如能收集到一萬個命例，至少可以統計一下，這些大病或兇亡的人，是不是命中有定、大運或流年有險。

假如沒有回事，我也能發表一本書，總比沒有依據而一味說命理是迷信好。」

「嗯。」倪老先生說：「這倒是一件好事。你剛才說很多新作家寫了不少書，那些書都有統計嗎？」

「沒有。」志強說：「有些人創了一些理論，但是沒有實例，所以沒有同意的呼聲。其他的都是東抄西抄或是舉相同的例。說來說去只有『三命通會』一本書最重要，它有十二卷一千零八十頁，到目前為止，我還沒有看見任何一位命相作家說其中有哪一句絕不可靠。

「說到這裡我正好有一個疑問想請教伯父。伯父研究我國文學，我總覺得今日學者不敢改前賢片語隻字是不好的傳統。我看西洋人對克利斯多夫在外科學上的貢獻，或是西塞爾對內科的貢獻都十分崇敬。但是西洋人有個委員會，每隔固定年份就會把以他為名的教科書，改寫一次，一版一版，不但使他名垂千古，而且永遠合乎潮流。反觀我們的學者不敢改前賢半個字，改了就好像大逆不道。所以一味此『腎』非那『腎』的解釋。伯父你看這算不算『寧爵毋刁』，會不會影響求學的進步呢？」

「寧爵毋刁，」倪老先生說：「比喻得很好。」

「什麼叫寧爵毋刁？」家羣問。

「寧爵毋刁是史記貨殖列傳的事，小強既然提起，就讓小強解釋好了。」老先生回答。

「我只是偶然說個典故，變成了在關老爺面前耍大刀了。」小強說：「伯父既然考我，我就試試，刁間這個人收留奴隸，不僅非常善待他們，而且還讓他們自由謀生，各盡其力，生活富饒。所以史記上說老百姓寧做刁間的奴隸，也不做官。如此言來史記應該寫『寧刁毋爵』。但是不知是史記寫錯了，或是刻匠刻錯了，竟變成『寧爵毋刁』。意思正好相反。後來的學者沒有人敢更正，反而各家紛紛創出字義來牽強揑造或增造話題附會原意。陳陳相因，以錯傳錯。照我看，教育部該召開一個討論會，請國學大師統統參加，來討論這是否錯了。假如確是錯了，不管是司馬遷沒注意或刻匠刻錯，改過來也就算了，可以省去後學不少精力浪費在牽強附會上。」

倪老先生說：「小強說得也對，不過這種例子古書上比比皆是。就拿史記來說，史記屈原列傳有一句：『亂曰：浩浩沅、湘兮，分流汨兮。』這個『亂』字，大家都知道是『辭典』的『辭』字。古時『辭曰』的意思就是『總結言之』的意思，很多地方都可以看到。但是『亂曰』是沒有的。可是學者不敢說屈原或史記錯了。只說『亂』作『辭』解擇。然而全世界沒有一篇文章中的『亂』是作『總之』解釋的。

「小強，你學醫的竟看過史記，而且能記得住，不容易了。」

「爸爸，」家羣說：「小強真的記性很好，他不看電視，但是你若問他連續劇情節，只要電視週刊登過的，他都答得出來。」

「哪有這麼神？」小強辯道：「我看了一遍史記今註，這是很特別的一段，使我聯想到一切以古為標榜的學問。今後再認為古人的話是不能改的，可能真會落伍了。」

廚房飄出了濃郁的咖啡香。

老胡說：「先生，看你今天很高興，我煮了壺四五、四五，也準備了『愛死，潑拉騷』。等會兒你們客廳坐，喝咖啡聊。」

林淑貞低聲問旁邊的二姐：「什麼是四五、四五？」

二姐大聲地向她和小強解釋：「四五、四五是我爸爸專利的咖啡配方。用百分之四十五的非洲雪山咖啡，百分之四十五的南美哥倫比亞咖啡，粗磨。另加百分之十的細磨藍山，在家裡客人多的時候，可以使每個人滿意。有點酸苦，有點醇又帶點香。至於我爸爸自己有他的癖好，他覺得煮的不過癮，所以他喝□SPR□SSO義大利咖啡。我們老胡叫它『愛死，潑拉騷』。」

大家又一陣哄笑。

「那玩意兒是磨到粉狀的咖啡用高壓極燙的水蒸氣擠出來的。我爸爸要用多明尼加的咖啡豆，還非要喝老胡磨的不可。樣子像中藥，我可是不敢領教。」二姐又補充。

大家又笑。

「爸爸，」家羣說：「今天正好是中秋節，這星期二我們原班人馬晚上再聚一聚，也算替二姐、二姐夫送行，他們兩人星期三下午又要帶團出國了。」

「好呀，」老先生說：「讓老胡早一點通知像樣的人來家裡外燴好了，特別關照做幾個像樣的菜。今天一切都好，就是菜實在不像話。」

大家跟著哈哈大笑。笑聲中，大家也起身目送倪老先生推著輪椅進書房。

# 第三章　實習醫師

（七十四年十月一日週二　D日）

星期二早上六點半。

張志強在病房裡替病人抽血，正準備送檢驗室檢查。

昨天晚上，從上屆實習醫生手上辦好了病人的交接手續，嚴格說來病人就歸他管了。

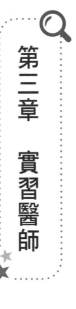

張志強在一年的實習期間，要到每個重要科別輪流實習。內科、外科各實習四個月；婦產科、眼科、耳鼻喉科各一個月；剩下一個月實習X光、電腦斷層、超音波等等。

張志強這個月輪的是婦產科。大醫院婦產科有一位科主任，下面婦科和產科是分開的，各有主任、主治醫師、住院總醫師和住院醫師。張志強前半個月實習婦科，後半個月實習產科。

昨晚交班交的是住院病人。張志強手上現在有八位病人，其中六位是子宮癌轉移的後期病人，都是住了半年左右的老病號。一位是動子宮肌瘤手術，已快出院了。只有一位輸卵管囊腫的病人檢查已完畢，等著手術的。

張志強為病人抽好了血，在婦科病房裡晃一圈，向每一位自己負責的病人報到一下，順便問一問有沒有什麼不舒服，免得主治醫師查房時挨刮。

病房裡住院的病人只有三種病，昨晚張志強已把這三病的病因、發生率、症狀、檢查方法、治療方法和癒後情況溫習了一遍。今天主治醫師來查房時，應不至於在病人前面出糗了。

依據見習時候的經驗，今天本科沒有手術，張志強料定主治醫師不可能在八點之前來病房查房，所以下樓來到員工自助餐廳，打算悠閒地享用早餐。

這是員工餐廳最擁擠的時候，實習醫師、住院醫師都湊在這一段空檔來用早餐。而這時也是一天中護士小姐在員工餐廳最多的時候。早班護士有兩種班。一種是七點到下午三點的七三班。另一種七十二、三六，是早上七點到十二點、下午三點到六點。這兩種班的護士，大部分都在七點差兩、三分離開。她們一走，餐廳就會突然靜下。

張志強先找了同班同學閒聊。今天是實習醫師的第一天，各人都有新生活開始的感觸，顯得很興奮，即便不熟的同學開口第一句一定也會問：「你先實習哪一科？」然後便開始七嘴八舌討論實習科的優缺點、主治醫師是不是很凶、設備如何、陣容是不是堅強、有沒有受到院長或校長重視等等。

七點差兩分，自助餐廳靜下來了，很多桌子也空了出來。張志強自在地取了稠稠的稀飯和一些小菜，重新找了幾個才進來的同班同學坐下來，享用實習醫生第一天的早餐。

一面吃，一面聊，張志強一面心裡在盤算，林淑貞上的是門診部的班。門診部的班是上午八點半到十二點半，下午一點到五點。張志強昨天已經和林淑貞約好，十二點半一起在醫院前門的一家廣東快餐店見面。

在餐廳沒看到倪家羣，這是想像得到的，他先實習外科，整個自助餐廳沒有一個外科實習醫生。他們忙完病房就匆匆先去開刀房了。實習醫生在手術室又稱「拉鈎子的」。因為手術時第二或第三助手的主要工作是把手術鈎子拉好，主治醫師才好下手。第一個手術多半是準時的。八點鐘要「進去」——所謂進去，不是進開刀房，而是「白刀子進」的進去。

張志強也不敢耽誤太久，七點四十分，他又回到了病房，等候不知什麼時候會突然出來查房的主治醫師。

中午十二點半，張志強和林淑貞坐在醫院前面的廣東快餐店裡。

「張大夫，實習生的滋味如何？」林淑貞問。

「還是叫我小強吧。實習醫師第一天總是緊張一點。病房裡有六個是老病人，她們久病成良醫，一看見我們這些新的實習路師，肚子裡就在笑我們是一批毛頭小大夫。她們每天聽主治醫師教住院和實習醫師，搞不好她們對自己的病比我們知道的還多。」

「那當然，說不定主治醫師問你問題，你答不出來，病人還會幫你回答呢！那你就糗大了。」林淑貞說：「這樣好了，今後在醫院裡我叫你張大夫，一出醫院大門，我還是叫你小強，不過怪不習慣的。」

「你反正是我的蜜斯林。」志強說。

得回來的是有甜意的白眼。

張志強說：「本來我早上十點就有空，想過去看你，又怕你那老處女護理長瞪我，所以算了。」

「別叫人家老處女，她才二十八、九歲，怎能算老處女。再說她人很好，尤其是對我。只是因為她知道你們都叫她老處女，她才裝樣子嚇你們。她沒有自卑感，而且朋友很多。我覺得她還滿漂亮的。」

「那她為什麼不結婚？」

「還不是吃一行怨一行。學校裡出來做『司搭夫』的時候老上『三，十一』的小夜班，怎麼交朋友？時間一久，發現小大夫不敢追，大大夫都有主了。」

張志強說：「下午要向你報到，看門診。」

「昨天就知道了，你緊張個什麼勁。」林淑貞說：「新的工作表也看到了，護理長還特別把我排在B房，可以幫你忙。」

「真的呀？」張志強說：「那就好，只是第一個不知道會碰上什麼病人。」

「第一個病人？第一個病人和第二個病人有差嗎？」

「有啊！」張志強說：「以前農業社會，很多美國人把自己賺的第一張一元鈔票，用相框框起來。等到自己成了百萬富翁，他們還記得自己的第一塊錢是怎麼賺來的。今天早上我一直在想，我的第一個病人會是什麼樣子，什麼病。」

「我希望是個整整齊齊，不是發炎太厲害的，免得讓你對女人有惡劣的印象。」

「那倒不至於，不管她是什麼病，我一定會對她特別好。」

「對她特別好？」林淑貞問。

「你誤會我的意思了，」張志強說：「我要好好為她診斷，讓她知道我們兩個會非常照顧她，即使她沒有錢，我也要幫她忙。」

「這本來就是醫生該有的態度。如果你想做這種好事，當了醫生，包準你一輩子也做不完。」

「我知道，不過今天下午的第一位病人對我而言是特別的，我們兩個一起治她身體上的病、心理上的病，讓她知道有病看醫生不是付錢吃藥而已。」

「好，我幫你完成你的偉大志願。」林淑貞說：「今天下午，你的第一個病人，不論她是什麼人，生什麼病，我們就追蹤治療到底，直到她完全痊癒為止。」

# 第四章　第一個病人

婦產科的門診為了方便孕婦，都設在地面層，林淑貞和張志強走到婦產科診門口，林淑貞先進門診間開始準備下午的門診。

張志強直到蜜斯林的身影完全沒入門診間，才愉快地回到病房，心想第一天上班緊張了一點。今後中午的這一個小時一定要做些安排，也許借同學的宿舍睡一下，也許到圖書館去看書。

磨蹭了十多分鐘，實在無聊得緊，張志強想起那位女主治醫師吩咐過他們，下午門診要早點到，她要在門診前把規矩給他們講一講，於是張志強拿了一本「婦科手冊」又走回了門診部。

走進婦產科門診，迎頭就碰上了婦產科門診的護理長。

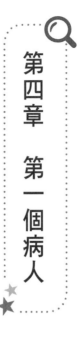

「張大夫，」護理長叫住他：「你是來看蜜斯林的？還是來看門診的？要是來看蜜斯林，上班時間是不可以會客的。要是來門診，就早了一點。我們不歡迎要我們請廣播員一再廣播的遲到大王，但我們也不歡迎來得太早的大夫，一點派頭也沒有。」

「報告護理長，」張志強調皮地說：「我們實習醫師哪能在你學姐面前擺派頭呢？」

「其實你們不了解，」護理長語氣緩和了些：「很多病人一點不到就在這門口等了。你們大夫不來，她們就會乖乖等到一點半開始門診，可是你們只要進來一個人，她們就希望先來先看，那會亂了我們的手腳。」

「原來是這樣，以後我知道了。其實今……」

「其實在造門診部的時候，我就建議要把醫生、護士和員工的出入和病人分開。但是他們又說浪費空間，又說什麼限於經費，反正設計的人從來不會聽聽實際作業的人的心聲就是了。」

「其實今天是第一天上班，主治醫師要我們早幾分鐘到，要訓話。」張志強終於找到護理長說話的空檔解擇了。

就在這個時候，女主治醫師已和其他的實習醫師先後進來了。

「今天，你們是第一天來看婦科門診。」主治醫師說：「來婦科門診的病人有兩個特點，第一，她們是病人；第二，她們是女人。所以我們要尊重她是病人，也要尊重她是女人。

「所有的複診，一律由住院醫師看。你們實習醫師看初診。

「記住最重要的一點，女病人在門診室裡，無論講話、普通檢查，一定要有護士在場。萬一護士暫時離開，她們會把門診室的門打開。實習醫師自己不可以做下體檢查，一定要把病人帶給我，由我帶著做。

「你們替病人寫病歷，要簡單確實。只要主訴、發病時間、疾病過程，要把該做的一般檢查做好。寫上你們認為是什麼病——只是臆斷。每一個病人都要帶給我看，由我來判斷你們的臆斷對不對。不對是常有的，不要難過，書讀得再好，看到病人還不是一樣不知道什麼病。否則你們已經唸了六年書了，何必實習呢？

「只有一種情況不必給我看，那就是懷孕或做產前檢查的人，你們只要直接把她們轉給產科，叫她們上午來就可以了。來問家庭計畫的，就把她們交給家計好了。其他病人不論大病、小病，寫好門診病歷一律都要帶給我看。」

就這樣，張志強走出了主治醫師門診室，來到婦科門診B室。

林淑貞已經在B室等著他了。看他摩拳擦掌地進來，笑著說：「今天的二號初診有福了。」

「為什麼？」

「一開始一定是一號初診進A室，二號初診進B室，你不是決定對你的第一個病人特別關照嗎？當然她有福了。」

「但願我能幫上她忙，反正馬上要見到了。」

門外嘟的一聲叫號燈響，門診開始叫號了。

林小姐把二號門診病歷放在張志強的桌子上。

張志還沒來得及打開病歷夾，病人已經進來了，張志強眼睛一亮。

這是他此生行醫的第一個病人。

進來的病人一六七或一六八公分的身材，不胖不瘦的好曲線，五十六公斤左右，烏黑亮麗的直髮齊到耳下，髮梢微微內彎，頭頂上一條金絲和黑絲絞成的斜紋圓形頭箍。又大又黑的眼睛沒有太多眼妝，只一抹淡淡的藍色眼影，大眼睛中充滿了沉著和智慧。直直的鼻子、有肉的臉蛋，配上一張上唇較厚的嘴——沒有分毫輕佻，但顯出決心，和一點點淘氣。

她穿黑色短袖毛線衫，毛線衫上點綴黑亮片。一件相同質料的黑毛外套，披在身上。這位美麗的女病人左手拿了只皮包，過大了一點，也重了一點，裡面好像帶了什麼佔空間的重東西。黑色的及膝裙，一看就是高級品。

林淑貞狠狠看了張志強一眼，好像在說你第一個病人來了，看你怎生處理。

張志強對病人第一眼的判斷——她是個公家機關有效率、有專門學識的女職員。

張志強立即把眼光移向桌上的門診病歷夾。資料顯示她是一般民眾身分。難道自己判斷錯了？

他欠一欠身，讓病人坐在沒有靠背的小圓凳上。為了壯壯膽，張志強故意把迴轉椅轉動五、六度，向椅背一靠，門診病歷夾的第一頁上，只有印著一個今天日期的橡皮章，其他的則是空白，等著他來寫病情。

病歷資料的姓名欄填的是陳雪珠，沒填出生年月日，只在年齡上面寫了個阿拉伯數字「二十七」，出生地只填了個「台」字。

「陳小姐，」張志強問道：「哪裡不舒服？」

陳小姐低著頭，眼光向下看著桌子，好像做了壞事被人捉到的樣子。她說：「好朋友過了兩個禮拜沒有來。」

「你的朋友？」

林淑貞輕輕提示道：「ＭＣ沒有來。」

「喔！」張志強反應很快，又把病歷資料看了一眼，病人婚姻欄下填的是未婚。

「你是怕自己有了？」他問病人。

陳雪珠大方地抬起頭來，把皮包抬了一下，她說：「我把小便帶了，要檢查一下是不是陽性反應。假如陽性反應的話，我要一張證明。」

「小姐，你本來應掛產科的，但是……」

「我不知道是不是有了，怎麼掛產科呢？沒有的話，產什麼呢？」陳小姐說。

「這……也有道理，」張志強說，看到林淑貞摀著嘴巴正在幸災樂禍。「我想這種情況掛婦科或產科都可以的。我給你開張檢驗單，用不了多久就知道了。」

林淑真把一本小便檢驗單送到張志強面前。

張志強開始填檢驗單。心裡想：為第一個病人服務的事，就這樣結束了。填好檢驗單，張大夫又把病歷夾打開，在病情欄用英文寫上月經過期兩週，回過頭來問病人陳小姐：「你的一向很準時嗎？」

「是的。」

「最後一次幾月幾號？」

「嗯……不記得了，反正正好六個禮拜。」

張志強在病歷上用英文寫上最後一次時間不詳，大概六週前，並且寫下了處理方法。

陳雪珠問：「大夫，假如是陽性反應，我要怎樣去拿證明？」

「你把檢驗單拿回去就可以了。我們會在電腦裡另外打報告夾在病歷裡的。張志強心裡總感覺這位小姐對電腦可能是很通的：「你去檢驗室，把這張檢驗單和小便交給他們，然後再到這外面等，我可以在終端機查詢，再把結果告訴你，你若要把檢驗結果帶回去，我也可以幫你安排。」

「謝謝你，大夫。」陳雪珠拿起檢驗單，很鎮靜地向林淑貞笑笑，就這樣走出了門診室。

張志強愣楞地看著她走出門去。

林淑貞問道：「怎麼樣，你為你的第一個病人下個結論吧！」

「美女，正點、聰明、有決心。」張志強說：「但是她沒結婚，又懷孕了。對於她的懷孕嘛……我相信她是在意的，只是故作鎮靜。」

「你還要幫她忙嗎？」

「當然，我們說好的，第一個病人，幫忙幫到底。」

「怎麼幫法？承認她肚子裡的小孩是你的？」

「那怎麼可以。她的條件那麼好，小孩爸爸也不會差到哪裡去。據說私生子都很聰明，我們兩個至少還可以指導她孕婦衛生和產前檢查呀。不過，我們要先勸她絕不可以私下解決這一條小生命。」

四點半不到，門診工作大致結束。林淑貞知道陳雪珠已回到門診室外等候了。

張志強把陳雪珠的資料輸入終端機。終端機的螢幕上顯示檢驗結果是陽性反應。

張志強故意不把終端機關掉，請林淑貞出去把他們的病人叫了進來。

陳雪珠在小圓凳上坐定。

「陳小姐——」張志強一面指向螢幕，一面說：「我不知道是報喜還是報憂，檢驗結果是陽性反應。」

「假陽性的機會多不多？」陳雪珠問。

「從今日的試劑和檢驗技術說，微乎其微。」

「那就糟了。」

「怎麼說？」

「有種種原因，這小孩是不能生的。」陳小姐兩眼好像望向遠方，自然但有決心地這樣說。

「但是，還是想正當辦法要緊。」

「你不了解其中原因，非常複雜的。我怎樣可以拿那張檢驗單回去呢？」

「複雜雖然複雜，但只要忍耐一點、理智一點，一切總可以商量的。」

陳雪珠笑笑：「大夫，不是你想那麼簡單，還有不能告訴別人的原因。我怎樣才能拿到那張報告單呢？」

「陳小姐，」張志強說：「我提醒你一件事，大的教學醫院是不會做這一類手術的，除非是治療性的。而一般濫做這類手術的醫院，設備都不太齊全。這類手術也有危險性，弄得不好會終身——」

陳小姐又笑了。張志強覺得她笑得有點勉強，陳小姐說：「你放心，大夫。我不會去打胎的。請問我怎麼把報告單拿回去？」

張志強無奈地拿起電話，交代檢驗室的熟人，請他們將檢驗報告拷貝一份，並且回頭求助地看向林淑真。

「陳小姐，」林淑貞了解張志強的意思，趕緊說：「我們這裡有個產前檢查的專門服務，要不要我幫你介紹一下，你下次開始……」

「不要，謝謝你。」陳雪珠已起身了。

「喔，我想起來了。」林淑真又說：「今年可能會流行德國麻疹，所以衛生所免費委託各大醫院為孕婦注射預防疫苗。我帶你去接種疫苗。」

「謝謝你，」陳小姐友善地把右手放在比她矮五、六公分的林淑貞的肩上，堅決地說：「我不打針，這個小孩絕不能生出來，生出來就慘了。但是我也絕不去打胎。我自己會去拿報告單，謝了。」

她回頭向張志強一笑，出門向檢驗科走去。

「好啦，」林淑貞對張志強說：「你的第一個病人走了，我想她是再也不會回來了。」

「可惜，」張志強說：「這樣聰明、漂亮、有前途的女孩子，萬一一時糊塗，做出影響一生的錯事，多可惜。」

「我看她倒是能處之泰然。」

「我正在擔心這件事。」張志強說：「你看她沉著得很。你有沒有注意到，她說小孩有很多理由絕不能生，又說她絕不會去打胎。你倒想想看，她做了什麼決定？」

林淑貞仔細想著她說過的話，兩隻眼睛越張越大。

「難道她要……」

張志強慢慢地向她點點頭。

「但是，我們也無能為力，是嗎？」林淑貞問。

「總不能去問她，她準備怎樣做。再說看她穿得那麼正經，有可能是什麼有錢人的小老婆。要不然她要檢驗報告做什麼？也許是要去敲點竹槓。」

「反正，你的第一個病人計畫泡湯了。別洩氣……我們——」

「泡湯倒未必，你反正都在門診部，她來看婦科也好，產科也好，你都還有機會見到她。總會有一天能幫她忙的。」

「這話也不錯，我會照顧她的。今天吃午飯的時候，我們蓋過印，說好要照顧今天下午第一個病人的。說過的要算數。」

「對了，不要忘了，」張志強說：「你自己答應今天晚上原班人馬在倪家聚餐吃晚飯的。早上老胡還特地告訴我，為了讓倪老先生高興，他還另外約了幾個老友，看樣子是要大請客了，你得穿正式一點。晚飯是七點半到八點。你自己來還是我去接你？」

「算了。我自己去好了。我不喜歡穿好衣服等人，也不喜歡叫人等著，我自己慢慢穿衣服。」

忠心耿耿的老胡，一心只希望老主人能高興熱鬧。聽倪老先生說要原班人馬再聚一次，而且要弄點好菜，便忙著找老主人的舊牌友。於是，一場牌局早在下午三點鐘就在倪府開鑼了。倪老先生坐在輪椅上玩得很開心，顯見坐輪椅打麻將已不是第一次了。

張志強自房間出來不久，林淑貞就到了。二姐、二姐夫、倪家羣忙招呼客人。不到八點晚餐就始了。今天的菜比起星期天中午是天上地下。老胡今天找來的是江浙菜的外燴高手。張志強活那麼大，還不知道去骨的雞裡可以包那麼多魚翅。

道地的江浙菜餚，再配上加溫的花雕，拉近了賓客間的距離，連秀氣的林淑貞也是酒來杯乾。酒足飯飽之後，老胡在客廳茶几上放了水果。家羣的二姐、二姐夫坐在長沙發上，其他三個年輕人各佔了一把大的皮沙發圍著咖啡桌。張志強這時才聞到廚房裡有咖啡香味傳來。為什麼剛才沒聞到呢？一定是酒臭味太重了。

看看坐在倪家二姐邊上的二姐夫，他應該才三十出頭吧，但是已經大腹便便了，是今天吃多了，還是平日多吃了，張志強開始疑問。以前見過養魚的書上說，魚並沒有飽的感覺，所以餵魚絕不能一直餵，否則會撐死的。又看到養狗的百科全書說，狗最忌養肥了，所以一天只可餵食一次。人究竟應該怎樣為自己呢？為活著而吃，還是為吃而活著呢？

二姐夫滿意地吸口氣，說：「中國人吃的藝術真是世界第一，每頓飯都要吃熱的，中國人到美國或是南歐真是受罪，我每次帶團出去吃了自助餐，還想回房間吃泡麵。」

「這種生活不正常的工作，年輕時還可以，」二姐說：「年齡再大一點，可能就不行了。說起來我也慚愧，我們結婚後我還沒做過一餐飯給你吃。」

「你會做嗎，家敏？」二姐夫說。

大家哈哈大笑。

「你們兩個也許該改變一下生活方式了。自己組個旅行社，不再帶隊。替爸爸生個外孫，家裡會熱鬧些。」家羣建議。

「我們難得在一起時，」二姐說：「也討論過這問題。也許明年我們和人換換，改服內勤或管國內的工作。」

「你們兩位準大夫今天第一天上班，工作怎麼樣？」二姐夫想改變話題。

「第一個想出肚子可以打開來修修補補的人真是天才，不知救活了多少人。」家羣說：「我反正已經立定志向做外科醫生了。

「在見習的時候有一位主治醫師教訓得很對，外科醫生應該把手術視為非不得已的手段，不要動不動手癢想開刀。

「今天主治醫師也教訓我們外科實習的同學，會開刀沒什麼了不起，高中畢業訓練兩個禮拜，就會開盲腸了。但是，為什麼訓練一個外科醫生除了醫學院七年之外，尚需五、六年呢？因為要『診斷』是困難的，下決心要開刀是困難的，開刀發現不是這個病，臨時決定改做手術也是困難的。

「所以外科醫生在腹部手術沒有都會，或是沒有更好專家能支援的情況下，是連盲腸都不能亂動的。」

二姐夫問：「獨腳戲，只有一個院長是外科醫生的外科醫院怎麼辦？」

「當然有的私人醫院院長是大醫院主治醫師下來的。他們有醫德，吃不下不吃。但外科在今日的發展一日千里，不止靠主刀一個人，麻醉、術後護理、輸血等等都十分重要。大手術當然大醫院可靠，即使半大不小的手術也是大醫院放心。但是小醫院仍有存在的價值，它方便、有人情味，可以減少大醫院的負荷和壓力。」

「會不會便宜些？」二姐問。

「不見得，好在現在國富民強，付兩萬元或兩萬五開個盲腸，在老百姓來說不在乎。」家羣說：「何況像現在有公勞保。有的選最貴的醫院，還可以表示有錢。有的選方便。有的還小吃大會鈔呢！」

大家又一陣哄笑。

「小強老弟，」二姐夫問志強：「你又有什麼心得呢？」

「我今天非常不得志，」張志強說：「吃中飯的時候和淑貞一再說好，我們兩個要好好照顧我第一個門診病人，使她一切問題都解決的。結果她的問題我們解決不了。」

「解決不了？」倪家羣說：「婦科病人，問題解決不了，一定得癌症了。」

「不是，你再猜猜。」淑貞含笑地說：「絕不是少見的問題。」

「婦女病除了癌症，醫生願意盡力幫她當然沒有經濟問題，那會是什麼？……知道了，沒有孩子，想生孩子，是嗎？」

「哈哈，」林淑貞說：「正好相反，不可能有孩子，倒有起孩子來了。」

「未婚？」家羣問。

「未婚。」志強說。

「年輕？」

「二十七。」

「漂亮？」

「漂亮極了。」志強說。過了一下，又加一句：「連淑貞都說她漂亮。」

「我可沒有說，我只是建議你要解決她的問題，你就娶她算了。」淑貞說。

「說說看，」家羣有興趣地說：「是不是要求打胎？」

「沒有，」志強說：「我告訴你們，她是個高個子、曲線好、臉蛋正點，又受過大學教育的女人。表現得很鎮定、有決心，心裡好像對每一步已經有決定，只是照計行事而已。她來的時候是帶了小便來的，目的只是送個檢驗，我相信她也是知道已經有了的，檢驗不過是一個步驟而已，今後該怎麼做別人也影響不了她，她已決定了。」

「她要做什麼？」家韋說。

「檢查一下小便，要是陽性反應的話，她要那張檢驗報告。」

「她要檢驗報告做什麼？」家韋問。

「我怎麼知道？」

「我覺得有點奇怪。」家韋道：「女人來醫院檢查是否懷孕了，很少要證明的，回家告訴丈夫或男朋友還要附證明嗎？」

「你不說我倒沒注意。」志強說：「給你一說我倒想起來了，她對要這張檢驗報告很堅持，好像目的就是為此而來。大家倒想想看，她要一張檢驗報告有什麼用？」

林淑貞說：「男朋友在外地，她信中不好說，把報告寄給他。」

「有可能，」家韋說：「但是還是要寫字的，因為報告上的洋文不一定大家都懂。」

「說不定是寄給一個實習醫生。」淑貞打趣，倔強地維持她的想法。

「實習醫師不可能。」志強說：「看她衣服雖樸素，質料都是最好的，實習醫師哪裡養得起。再說年齡也不配。除非她倒貼。」

「可惜沒貼給你。」淑貞噘嘴說：「給你一講我又想起來了，她要逼她倒貼的人娶她。」

「也不像，」志強說：「她不必倒貼，追她的人一定多得是。」

「會不會是敲詐？」二姐夫問。

「她很純潔的，不像。」志強說。

二姐笑著說：「你一再替她辯護，難怪淑貞要不高興了。不過她一定很美。」

家輦一直在靜思，他說：「我有一個合理的想法了。聽小強說，這個病人聰明美麗，有決心。她到醫院來主要是查個小便拿張證明。為什麼？那是因為她早有打胎的決定，有了大醫院檢驗報告，她去小醫院打胎，不必再查小便，省錢又省時間。」

「這是最合理的解釋。」志強說：「我同意你。但是這小姐對我們說過，她絕不去打胎的。」

「怎麼說？」家輦問：「你們當真想幫忙幫到底，都和她談到打胎的問題了？」

「倒不是如此。」淑貞說：「小強死裡巴結要幫第一個病人忙。一再暗示打胎危險，病人沒辦法，就說她不會去打胎。後來臨走，她又告訴我，她絕不去打胎的。」

二姐說：「小強為什麼會告訴她打胎危險呢？也許她本來就要把小孩生出來呢？」

「也不會。」淑貞說：「病人先問假陽性反應機會多不多。小強說不多，病人說這就糟了，又告訴小強情況十分複雜，這小孩絕不能生。所以小強才告訴她打胎是危險的。」

二姐點點頭。

倪家羣說：「不對，不對，你們把情況越弄越複雜了。你們先說病人不會去打胎，現在又說她絕不能把他生出來。那怎麼辦，一輩子懷著，懷皇帝？」

張志強說：「我老實告訴你們，我心中一直在嘀咕。蜜斯林看我應付不了了，於是告訴她每一個懷孕的人今年都要免費接種德國麻疹疫苗。這位病人堅決地對蜜斯林說：『我不打針，這個小孩絕對不能生，生出來就慘了。但是我也絕不去打胎。』這是她說的每一個字。所以我在嘀咕。」

林淑貞回想地點點頭。大家靜下來體味這些話，沒有人開口。

「這又回到我剛才的問題了。」倪家羣說：「不把他拿掉，又絕不能生下來，成嗎？」

二姐夫說：「說著玩的。」

「我們來玩電視益智節目。」家羣說：「就算她不是說著玩的，有什麼可能，一個女人懷孕了，又不把他拿掉，又不能生下來？」

「自殺！」不知什麼時候老胡端了咖啡進客廳，聽到最後這個問題，便脫口而出了。

「賓果！」家羣說：「小強，你的第一個病人要自殺了。」

「嗨，少爺！」老胡說：「我是說著玩的，不能當真。我進來聽到你說這個問題。以前在大陸上，我們老家都只有這一條路走。和小強少爺的病人是沒關係的。」

「老胡，你沒說錯，我也是這個答案。」家羣說。

大家陷入這個可能性的低潮情緒裡，沒人說話。老胡把咖啡替每個人倒上，回廚房清理去了。

「有她電話號碼嗎？」二姐夫問。

張志強努力回想那張病歷首頁。他說：「奇怪，病歷首頁病人的地址是有的，但是根本沒有電話這一欄。另外還有一欄，是緊急通知人，上面有電話的空格，但是我記得很清楚，這一欄病人沒有填。」

「這就是我們不確實的地方。」家羣解釋：「以為門診無所謂，沒填緊急通知人也讓她掛號了。」

二姐夫問：「地址記得嗎？」

「是羅斯福路很長的一個地址，幾段、幾巷、幾號、幾樓之什麼ABCD的。」

「一定是公寓。」二姐夫說。

二姐問：「你問地址做什麼？難不成找上門去警告她不可以自殺？」

「自殺是一種衝動，」二姐夫說：「我認為很多人自殺，就在自殺的那一剎那，來一個電話或一個訪客，可能就再也提不起自殺的勇氣了。我認為大家想得很對，這個女人是有自殺的決心。我們至少應該打個電話過去胡謅一下，或是去個人看看情況，可能救人一命，勝造七級浮屠。」

大家又靜下來思索這可能性。

家葦說：「地址是很容易找到的，只要跑一趟醫院就有了。時間是今晚最重要，現在出發十一點過一點可到。雖然相當晚了，也不算太晚，晚間新聞才開始。人選當然是小強，終究這是他的第一個病人。但是他一個人去不妥，如果引起別人誤解就不得了。很可能公寓裡還有個黑道大哥。所以要蜜斯林也一起去，就不會有麻煩。蜜斯林還可以用老藉口，帶了德國麻疹疫苗，服務到家。其他就靠進門後的臨機應變了。」家葦一口氣說完，完全主宰全局的味道。

「要去嗎？」志強看看家葦，看看二姐和二姐夫，目光停在林淑貞臉上。

「給他們一講，我也覺得有走一次的必要了。」林淑貞說：「我們現在去醫院，你去病歷室調病歷看地址。我去宿舍找同學，乾脆穿了家計外出服去，把酒精、空針、疫苗帶到。萬一她是和人同住，由我約她出來講話。萬一她只有一個人，我們就逼她說實話，大家想辦法幫她忙。」

# 第五章　登門拜訪

十一點差七分，一輛計程車把張志強和林淑貞帶到羅斯福路三段上的巷口。張志強特地在夾克內的襯衣上加了條紅領帶，林淑貞則穿了借來的家庭計畫外服員制服，帶了個制式皮包。兩個人不願給人家看到是搭計車來的，所以在巷口就停了車。

走進巷子裡，他們就開始找十八。發現十八號和相鄰的二十號是完全相同的兩幢公寓，可能是同一家建築公司的傑作。公寓是緊鄰的，但各有各的出入口，各有各的電梯，內部是不相通的。

十八號和二十號一樣，未進門先有一個內縮進去的門廊，門廊地上用的是蛇紋石，很硬、很黑、很亮。一看就和用水泥鋪的弄道不同，更顯出這兩幢公寓的高格調。

門廊左面的牆是貝殼化石鋪面的，上面嵌滿了信箱。

從信箱上的號碼，張志強可以看出七樓至二樓，每樓分ABCDEF六個單位。每幢房子是三十六個單位。一樓的信箱不在這裡，可見一樓不用這個出入口。張志強辨認了一下方向，就知道原來這條弄道已和羅斯福路平行，這些公寓的一樓都是開向大路的店面。是個住客可自鬧中取靜的巷弄出入，而商店則沒有住家混雜的理想格局，也難怪弄裡房子可以造這樣高，是以大道闊度計算的。不過這個弄本身也不窄，比起小的馬路毫不遜色，同排上的房子都很高。

信箱排得很整齊，每排六個，一共六排。但是信箱口亂七八糟地塞了報紙和各式廣告。遠看就像港澳美麗的國民住宅，到上午大家伸幾根竹竿出來曬衣服一樣，破壞了美觀。現在已經過了晚上十一點，有兩家連今天的日報都還未取回去，更有十幾家晚報尚在信箱裡。張志強要找的五樓B，信箱是空的，什麼都沒有。信箱下面門廊角落裡，有個方型的鏽鐵絲簍，那是專給取信住戶順手把不要的廣告紙拋進去。現在裡面是鬆鬆半滿。

門廊的右面牆也是貝殼化石鋪的。大片的黃色牆上只有靠裡處有個電鈴按鈕羣。

每排六個按鈕，共有六排，標示得很清楚，每個鈕旁還有一個位置可以夾張紙片進去，告訴別人住戶的姓名。張志強一看，約有一半是沒有夾名字的。也許是住戶不願給別人知道是姓什麼的住在裡面。

五樓B的門鈴按鈕邊上，夾了一個用原子筆寫的「陳」字。

門廊的底部有玻璃隔間。大塊的玻璃，每塊厚厚的有落地窗大小，每塊用咖啡色的鋁條鑲著，把外面的嘈雜、夏日的熱浪全部隔絕在外。在最近門鈴按鈕羣的地方，有一個住戶控制才能開啟的門。有一個電視監視器吊在門裡面的天花板上，透過門的玻璃，利用門外明亮的照明，住戶可以清楚地看到來訪客人的面貌。

玻璃裡面是個闊而不深的玄關。對著門是一架電梯，所以面對電梯的張志強隔玻璃看起來，右手邊的空間較小，上樓的樓梯只好在左和電梯並肩著。再左手邊有個櫃檯，質料也很好，本來是管理員坐的，從空櫃檯的樣子，可以知道住戶們沒有請管理員，整個房子可能只有清掃人員管理清潔而已。

「現在怎麼辦？」林淑貞問。

「先想清楚再按鈴。」志強說：「這個公寓很高級。不過有一點很明顯，這裡是單身公寓，或是小公館的集中地。」

「你怎麼知道？」

「你看，這裡地方不大，但是每樓有六個公寓。每個公寓扣掉公共設施，平均最多十二坪左右，哪能住家，一定是一房一廳，最多一房二廳的高級單身公寓，或是小公館。再說每層六戶，合用一台電梯，住家當然是絕不夠的。」

淑貞點點頭。

「而且我猜住在這裡的以風塵女郎為多。」志強說。

「何以見得？」淑貞問。

「你看這公寓的外表、所用的材料、浪費的空間，最後扣去公共設備後，真正使用的每一坪，怕不要七、八萬才怪。住家的人不會買那麼小的單位。花一百多萬買給女朋友，或是買來出租才有人買。」

「你好像滿內行的。」

「即使要租，這種房子裡一房一廳加廚廁每月少說也要八、九千，不是一般職業女性租得起的。所以我認為裡面住的應該是歡場女子。不過，最最能支持我這個推測的，是信箱上的報紙。你看，有兩家連日報都還沒拿，其他的我想可能都沒訂日報，而只訂晚報。你看大多數人家的晚報到這時都還沒收進去，這就表示她們到這個時候還沒有回來。」

「你的陳小姐的信箱是空的。」淑貞說。

「你又來了——我們的陳小姐。」志強說：「我始終覺得她是正經女人，一點都不像生意上人。但是她住在這種公寓，而且又懷孕了。」

「失望了？知人知面不知——」

「我們來按鈴，由你站在監視器前面好一點。不論男人或女人來問，都由你回答。」

林淑貞站到前面去，按五樓B的門鈴。

沒有聲音。

過了半分鐘，她又按。

沒有聲音。

「怎麼辦？」林淑貞回頭問張志強。

「可能還有人沒睡，你隨便按一個人家，要是有人問誰，你就說：『我是三樓王小姐，忘記帶大門鑰匙了。請你開門好嗎？』說不定有用。我就是想進去看看。」

林淑貞隨便按了一戶人家的門鈴，沒有回音。

又找了一家，還是沒有回音

「我不幹了。」林淑貞說：「即使進去了，被人一查問，不被認為是小偷才怪。」

「不會的，你是來訪問一位病人的。陳小姐至少會承認認識你和我，怕什麼？」張志強說。

林淑貞想一想，增加了一分安全感，伸手又隨便找了一個門鈴按。

樓上的人竟問也沒有問，可能根本連監視器也關了，立即反應地嗡一聲，大門彈開。

「怎麼會？」林淑貞問。

「開門的人多半認為是什麼人回來了，所以問都不問就開門了。」志強說。

「你走前面。」林淑貞說。

張志強往前走，把門開大，讓林淑貞進來。張志強順手把門關上，走在前面，按電梯的鈕，兩人進入電梯。

從五樓出電梯。電梯玄關相當大，地上鋪著大塊磁磚，頭頂上有空調出口在出氣的絲絲聲。這時已是中秋了，所以空調出口出來的，只是新鮮空氣。張志強一看就明白了，這幢房子不能不用中央空調，玄關和走道根本沒有窗，天花板又低，要不是樓梯拐角處全部是玻璃的話，這根本就是個密封的黑盒子。

出電梯正對面是兩戶住家，門上掛著E和F，而靠中間的E公寓門上掛著出租字樣。估計一下方向，這兩個公寓只能向弄道方向採光。再估計一下佔地的大小，兩個公寓每戶應該只有一房一廳，其中一戶可能臥室還沒有採光，再不然就是臥室有採光，客廳靠通風和人工光線。

右手邊是一條走廊，走廊兩側有四個門，每側兩個門。走道的左手是A和C公寓，右手是B和D公寓。

兩個人走到右手第二個門的B公寓門口停住。

公寓門相當考究，是鋁質印花銀白色的。使用的鎖好像是進口的磁鑰匙。整套公寓應該是安全可靠、隔音良好的。張志強在想這裡的防火警告系統一定要特別好，否則住在裡面不提心吊膽才怪。但是看不見什麼特別的消防裝置呀！

門厚，建材好，門下沒有縫，看不出裡面有沒有燈光。張志強匆匆瞄了一眼門上窺視鏡。他說：「裡面燈是亮著的，可能有人。」

門口不再有電鈴可按。

窺視鏡下方、門的正中，有一塊黃銅的敲門環。也許是裡面不大，敲門聲裡面一定聽得到，所以才用敲門環吧。

張志強用敲門環碰門。

沒有回音。

再敲一次，仍沒有回音。

「我們回去吧。」林淑貞說。

張志強仍有點心有未甘，對著門看。

突然，他把眼睛湊上窺視鏡孔，向房間裡面看，離開一點，再向前一點，眼上用力一些，看得津津有味的樣子。

好的窺視鏡應該是單向的，只能從裡面向外望，而且有點魚眼的作用，可把近處臉型放大。但是一般公寓的窺視鏡都做得十分馬虎，張志強看到的是望遠鏡倒過來看一樣的景物。他把眼睛和鏡片距離不斷改變，又用力改變自己眼睛焦距，房裡的情況除了看起來遠一點、變形一點，倒還相當清楚，何況房間裡燈光相當亮。

第一眼看到的是一張深茶色玻璃纖維咖啡桌，看起來很遠很遠。張志強知道這是窺視鏡的幻覺。其實進門是客廳，客廳中央是這張咖啡桌，桌子上有三個咖啡杯和一些零星看不清的東西。桌子右側是一張白皮的長沙發，左側是兩張相同皮色，沒有靠背的方形矮凳。

咖啡桌之後是一排矮櫃，也是白色的，有不少大抽屜。矮櫃之上，靠向右側牆的是電視機和小擺飾，看不清楚是什麼。

矮櫃約佔全室寬三分之二，自右側牆伸出來，把狹長的空間分隔為靠門三分之二的客廳，和靠窗三分之一的廚房。客廳和廚房靠做死的矮櫃和矮櫃上幾根通頂的雕花圓柱做隔間，目的當然是為了讓客廳在白天也有採光。現在是晚上，客廳中燈光很亮，但是窗外燈光隱約，約估方向，窗外是羅斯福路的大馬路。

張志強又突然想起自己要到鄉村去做醫生的想法。至少住的地方會健康些。

張志強眨一下眼，再向裡面望，窺視鏡裡可以看到整個房間的左面是一道磚牆，牆上有兩扇比木頭原色深一點的木門。原來這公寓是有兩間臥室的，但是靠走道的一間一定是沒有窗的。張志強又想，人類文明進步，讓自己和大自然越離越遠。像陳小姐住的這種地方，又假如她真是在特種場所上班的話，不知道她一個月曬得到幾小時的太陽。回想起來，怪不得她來看門診的時候，臉色是嫌白了一點。

兩個臥房門靠得很近，隔一垛牆的厚度。絞鏈相對向左側牆的正中線。靠窗的臥室門全關著，靠走道那側的臥室門開了一條縫，裡面沒有燈光透出來。

「有人來了。」林淑貞急急地說。

張志強急忙退後了半步，左手放在敲門銅環上，敲著門，順勢把身子向右側一點點，正好看到一位小姐自電梯玄關走進走道，一位男士本來和她平肩的，一看走道底有人，急忙退後步，又等小姐再向前兩步後，跟在她後面。

走道不很長，也只三步寬。女人手拿晚報走過來，沒有理會他們兩人，拿出鑰匙開了A室的門，把門向裡一推，男的走了進去，女的站在走廊上。

「找哪一位？」她問。

「陳小姐。」

「晚上才開始，有得等吶。」小姐說。仔細看看他們兩個人，弄不懂怎麼會有護士來訪。所以又看向林小姐問道：「有什麼事嗎？」

「我是來替她打針的。」林淑貞說。

女的帶著一副似懂非懂的神情走進自己的公寓。

走道上又只剩下張志強和林淑貞。

「這下陳小姐會知道我們兩個管閒事的來過了。」

「那怎麼辦？」林淑貞問。

「算我們瞎起勁。很晚了，我先送你回去。」

「失望了？」

「看走眼了。不過我始終無法相信她是歡場女子。」

「辦公女郎？每晚一點半以後回家？」

「我承認，沒有這種工作。」

兩人乘電梯下樓，到了門廳，張志強突然想起，他說：「也許對門的會告訴她有這樣兩個人來看過她。我們給她留張條子吧。」

「怎麼寫？」

張志強拿出一支鉛筆，從記事本撕下一小頁空白紙交給林淑貞。「你來寫。」他說：「含糊一點。這樣好了：『陳小姐：針還是要打的，有空來醫院。』不要寫名字。」

林淑貞照他的意思把字條湊在門廳的櫃檯上寫就，兩個人開門出來，把便條抛入陳小姐的信箱，離開這幢房子。

# 第六章 擔憂

回到暫住的倪家，客廳裡燈光仍亮，倪家羣、倪家羣的二姐、二姐夫仍在老位置，他們一定是在他和林淑貞離開後，談了很多未來的計畫。倪老先生的朋友已經走了，所以也出來參加他們。他坐在沙發上，輪椅在沙發旁。張志強發現倪老先生的左腿一點萎縮的現象也沒有——至少看不出來。

「小強，你回來了。」老先生說：「你的病人服藺了嗎？」

老先生已經知道志強出去是為什麼了，倒省了不少解釋。志強有禮貌地應一聲：

「伯父，我們沒見到她。」

「地址是假的？」家羣問。

「地址沒有問題，是真的。」

「她不想見你？」二姐夫問。

「不是，是還沒回家。」

「這麼晚了，怎麼還沒回家？」家羣問。

「據說要晚上一點半才回家。」志強回答。

二姐問：「你不是說她是正經女人嗎？」

倪老先生說：「你們東一句西一句，叫小強怎麼回答。還是小強說好了。我們都有興趣聽。」

張志強坐正說：「是羅斯福路很好的一幢公寓。夠格，租金一定很高，不過整幢都是出租的小公寓。她住的算最大了，兩房一廳。大概只有歡場女子才住得起，至少她對門那位就不是正路的。

「整幢房子的住戶這時候在家的不多，晚報都還在信箱裡，多半是半夜回家才順手拿上去睡前看。

「我們還是上了樓，我也從窺視鏡裡把她房間看仔細了。兩房一廳，有個小廚房。客廳東西簡單，好像請兩個朋友喝過咖啡，杯子還沒收。人不在，燈亮著。兩個臥室，一個門關著，一個開一條縫，看得見裡面沒有燈。

「對面的一個女人正好回來，帶了個男的回來。女的像是舞女。她告訴我們陳小姐要一點半之後才回家。」

張志強一口氣說完，做了個無可奈何的表情。

「你的病人也是舞女？」二姐問。

「沒人說她是舞女，至少一點都不像。很清秀、很正經，非常有智慧。」志強說。

「舞女也有清秀、正經、智慧的。」二姐夫說。

「你怎麼知道？」二姐問。

「這句話你不能說的，」家羣說：「我可以說，舞女也有清秀、正經、智慧的。」

「你怎麼知道？」這次換倪伯父問了。

大家笑得更厲害。張志強趁機把如何找人、留條的詳情說了一下，又結論道：「我的確看走眼了。這個公寓月租在八千以上，不是職業婦女負擔得起的，而且她的工作每天是半夜回家。」

二姐說：「小強，你把目的弄錯了。你們去找她不是看她做什麼工作的，也不是解決她工作問題的。你們大家懷疑她有自殺的企圖，你要去看她會不會自殺，萬一有跡象就救她一下。這一點你們辦到了嗎？」

「話是這樣說，但是她不在家，我們怎麼辦？」

「真有自殺可能嗎？」倪老先生問張志強。

「她來看門診，帶了小便來，目的就是要檢查是不是有孕和出張證明單的……」

「不是要好幾天才知道結果嗎？」老先生問。

「爸爸，」倪家羣說：「你落伍了。以前這種檢驗要把孕婦小便注射到天竺鼠腹腔裡，第二天還要解剖天竺鼠卵巢。現在進步了，和查血型差不多。」

「喔。你講下去。」老先生對志強說。

志強一面想，一面慢慢地說：「女的是胸有成竹，對下一步當如何做非常有計畫。她先問陽性反應機會多不多，然後她說懷孕就糟了。我問她，她就說有種種原因，這小孩是不能生的……她告訴我原因非常複雜……最後蜜斯林請她打德國麻疹疫苗，因為孕婦如果染上德國麻疹，胎兒會畸型的。她回答的話特別奇怪，她說：『我不打針，這小孩絕不能生下來，生出來就慘了；但是我也絕不去打胎。』這就是為什麼我們這幾個斷定她會自殺的道理。」

「個性很倔強？」老先生想了很久問。

「看不透個性，但做事很有決心的樣子。」

「決心要自殺，還要證明單幹什麼？」

這一句把大家問死了。

志強說：「我們只研究過為什麼一個已經知道自己懷孕的女人，要拿張證明回去。可是倒沒研究為什麼決定要自殺的孕婦要拿張證明。」

「你們研究出什麼結論呢？」

「結論是她要逼男朋友娶她。」家羣說。

大家又半天不吭氣。

二姐夫問：「她不在家，燈為什麼開著呢？」

「不知道。」

「照你剛才的說法，有一個關著門的臥室，你不知道裡面燈光是否亮著？」

「不知道，」志強說：「但是這個臥室唯一可能開窗的方位是在羅斯福路上，可惜我沒有繞過去看一下。」

二姐說：「那有什麼關係嗎？」

「我是朝壞的一方面想。」二姐夫說：「大家都覺得她有自殺的企圖。她一個人住一間公寓，晚上萬一想不開，一堆安眠藥一吞，床上一倒，不就像後來小強去見到的情況一樣嗎？」

「你說她在臥室裡？」二姐說：「等死？或是已經死了？」

「知道她電話號碼嗎？」老先生問。

「資料上沒填。」志強說。

家羣已經拿起電話簿，再問一次姓名寫法，在電話簿上翻起來了。

「陳雪珠……陳……雪珠……倒有好幾個在這裡，可是沒有一個在羅斯福路上。」

「報警？」二姐問。

大家覺得太貿然了一點，到底沒有真正依據。

「再去找她，等她回來。」二姐又建議。

「這種歡場女子，你知道她夜宿何處？等到三、五點，不回來，又如何？」二姐夫提示。

「但是萬一死在這種公寓，臭出來也沒有人聞得到……」二姐想想不由得打了個寒顫。

「唉，這也沒辦法。」老先生有感地說：「人類文明進步，有得必有失，自己注意一點，就『得』的多一點，『失』的少一點，一味跟隨潮流，可能突然發現失去的多，得到的少。

「這件事我們既然知道了，不能不管。但也不能狗捉耗子，別人的隱私給我們大吵大鬧宣揚開了，本來不會自殺的，真的自殺了。

「我看明天我們還是應該有人去拜訪她，見到了人就不必疑神疑鬼，庸人自擾了。見不到人，連我心裡也會有疙瘩。」

「明天我值班，」張志強說：「我每隔一天值日一次。怎麼辦？」

二姐夫說：「照她工作的時間看來，你們兩位大夫天天去找她也碰不到頭。她的工作時間說不定是下午四點到清晨一點。我來看看……明天我和你姐姐上午要帶幾個人去結匯，結完匯回旅行社整理資料，要到兩點半才在旅行社集合開車去機場，五點半的飛機去香港。所以，明天在十二點到兩點半之間我和你姐姐有空。我們車子方便，小巴士有駕駛，我們兩個去看一下她在不在家。看一眼，知道她沒自殺，就可以了。」

「用什麼名義呢？」二姐說。

「由你上去拜訪她，給她看你旅行社的名片，帶點宣傳旅遊資料去，招攬生意，不管見到了沒有都走路。」

「旅遊生意兼做這種少女出國？」二姐問。

「好辦法，」老先生說：「我們就如此決定。你們如果看到她還活，可以用電話通知我們隨便哪一個人，這樣小強對他的第一個病人就有交代了。」

張志強聽得出倪老先生是在把這件事做個結束。也許倪家人還要再談一下家務事，否則老先生最後應該會說：「這樣大家都放心了。」

他識趣地趕快站起來，說：「伯父謝謝你，今天我很累了，我就先去睡了。」他有禮地向大家告退，並且向二姐和二姐夫祝福旅途愉快，就離開客廳了。

回到自己後院的房間，張志強心裡始終放心不下，這樣一位小姐，會是靠這種方式維生的嗎？

# 第七章　自殺專線

（七十四年十月二日週三　D加一日）

腰間的呼叫器嗶嗶響起，把正在病房裡有點無聊的張志強嚇了一跳。看看錶是下午四點鐘。上班時間醫院每個單位找醫生多半是用廣播的，只有廣播找不到，或是知道某醫生外出了，才用呼叫器叫人。

張志強把呼叫器關掉，心裡奇怪地浮起一絲絲得意的味道，自己也成忙人了，有人會找。

他走向護士站的電話總機，報了自己的名字。

「張大夫，你有外線電話，說是要緊事，不要掛，我給你接過來。」總機說。

「喂，小強吧。」張志強還來不及謝總機，外線聲音已經進來，想是對方聽到這面聯絡的聲音了。

「請講話。」總機說。

「我是張志強。」志強說。

「小強，你聽得到嗎？」外線說。

三個人一起說話，反而弄亂了。

「小強，是我，二姐夫。」

「是的，二姐夫，我是小強。」

「我和你們二姐在機場，正在辦手續，我抽空打電話給你，我們去找過你的病人了。」

「怎麼樣？」志強問。

「還沒回家。」

「是幾點鐘的事？」

「下午兩點。」

「怎麼知道她沒回去？可能又出去了。」

「不像，我告訴你。」二姐夫說：「兩點鐘不到，我和家敏用完中飯，迷你巴士的駕駛送我們找到那個公寓。公寓如你所說的，是個好公寓。本來要叫家敏去叫門的，但是有人進去門口大門沒有關，駕駛在看我們，我一拉家敏就進了公寓。

「我記得很清楚你昨晚說的每一句話，所以很有把握直接就上五樓，駕駛還以為我們兩個熟門熟路。」

「是五Ｂ。」志強說。

「我知道。」二姐夫急著回答，想是急著告訴他結果：「我猛敲五Ｂ的門，敲了又敲，沒有回音……」

「可以看裡面呀？」志強也急著想知道。

「別急。」二姐夫說：「我看了。我照你說的方法從窺視鏡反看進去，客廳燈亮著，客廳裡你說的玻璃桌子上面好像是咖啡杯，我看清楚了。三個人用過咖啡，還沒有收。兩扇臥室門跟你那天看見一樣，向窗那邊的全關著，向裡的開了一條小縫，沒有燈光。」

「那麼，她真的沒有回來了。」張志強說。

「還有哪。」二姐夫說：「我們下樓，我去信箱看了一下。三十六個信箱，訂日報的少之又少——當然，可能是拿上去了——但是有十六份不同的晚報插在不同信箱裡。我還不知道所謂晚報，原來兩點之前就送到了。你的病人信箱塞了一份民族晚報。我從小玻璃窗向信箱裡一看，昨天你留在裡面的紙條，好好的還在。所以確定她沒有回去過。」

「這樣看來，她是真的沒有回去過。」志強說：「除非……」

「就是囉，除非……」二姐夫說：「我和家敏研究過，除非……她在關著的臥室裡。不過，那間房間沒有亮燈。」

「你怎麼知道？」

「我們叫司機開到羅斯福路，這幢房子五樓，最靠邊的窗戶大開，窗簾全拉上，裡面沒有燈光。」

「這也不表示她不在裡面。」張志強說。

「就是囉，」二姐夫又這樣說：「所以我和家敏一商量，做了一件也許昨天就該做的事。」

「什麼？」

「我打了個電話『救我，救我』。」

「呀？自殺專線。」志強大叫，急急看看四周。

「是的，也許吃了安眠藥，人還沒有死，就還有救。萬一死了，至少不會兩個禮拜也沒有人發現。再說要是根本沒有自殺的事，也沒有什麼關係，比報警麻煩少。」

「在電話裡你怎麼講？」

「我們兩點一刻回到旅行社，兩個人一研究，決定由我打電話。我撥通電話，對方一個小姐在答話。我說了地址，還說那個公寓裡面可能有人自殺了，要她把地址記下來，就把電話掛了。」

張志強想想說：「萬一她根本沒有尋死，回去就麻煩了。加上昨天那張字條，她一定會想到是我們搞的鬼。」

「小強，這件事的確很怪，她一晚不回去，清晨也該回去。你聽我的，這種人在外過夜很少弄到早上八、九點才回家的。我怕你們猜對了。我只怪昨晚沒有想到打電話『救我救我』，否則可能還有救。不過昨晚做這個決定太冒失了，可能想到也不會真打電話。」

「我想你是對的，二姐夫。」

「你不放心的話，晚上或是明天可以去看看她，給她解釋一下，反正完全是好意，她也不會怪你和蜜斯林的。」

「二姐夫謝了。我想你做得完全對。我也許帶淑貞今天晚一點去看看她。我會請人代一下班。你和二姐一路小心身體，祝你們旅途愉快。」

# 第八章　無意闖進一件案子

晚上八點鐘，張志強和林淑貞又回到昨天來過的公寓門口。今天兩個人都穿了便衣。林淑貞沒有穿護士衣服，也沒有帶德國麻疹疫苗，因為假如陳小姐在家，他們是坦坦白白以年輕人交朋友姿態來的。

這次回到這個公寓，可以說是熟門熟路了。張志強一跨上門廊，看到玻璃大門是關著的，伸手就向五樓B的電鈴按去。兩個人都知道按了也是白按，公寓裡這時候不可能有人的。

但是，嗡一聲，幾乎是立即的，又配上了喀啷一聲，玻璃大門居然開啟了。

由於太出乎意料，也太突然了，門口的兩個人反而不知所措，呆在那裡，互望一眼。

張志強首先反應過來，伸出左手扶一下林淑貞，好像要讓她先進門，隨即又覺得自己是男孩子，危險地方應該要打頭陣，因此趕上前，與林淑貞並肩，慢半步一起進去，把大門用腳跟碰上。

兩個人並肩進了電梯，在五樓離開電梯。

電梯玄關裡今天和昨天有點不同，張志強說不出哪裡不同，是不是今天心情緊張了一點？他凝凝神，沒錯。電梯對面五Ｅ公寓門上「出租」牌子拿掉了。這種公寓還是滿好出租的。

張志強還是把林淑貞扶在左手，沿走道下去，心裡在盤算，見到漂亮大方的陳小姐要怎樣開口解釋這樣一個大誤會。

Ｂ公寓門是關著的。

張志強看了一下林淑貞，見到她臉上不解的神色，拿起銅環，輕敲了兩下。

沒有回音。

張志強把眼睛又湊上窺視鏡向裡面反看。

燈光是亮著的，裡面沒有人走動，不像有人要來開門似的。

「有人來了。」林淑貞聲音有些顫抖。

張志強趕快退後半步。正好看到有兩個男人從今天才租出去的五E公寓出來。第一個男人已經站在玄關裡了。

玄關裡燈光很亮，站在玄關裡的男人約三十五歲到四十歲的樣子，西服、短的西裝頭，他站在玄關口，也不向這邊走道望，也不去乘電梯。

第二個男人慢慢地走進走廊，向兩人走來。張志強看他二十九歲到三十歲的樣子，中等長的頭髮，外表很乾淨。白襯衫，沒打領帶，一件淺色夾克，西褲是深色的，短了一點，深色襪子，鞋子笨重了些。

第二個男人沒幾步就到了他們面前。

「請問找哪一位？」第二個男人開口問。

「找陳小姐，陳雪珠小姐。」志強回答。

「請問有什麼事？」他問。

「陳小姐是我們的朋友。」志強說。

「噢，找她有什麼事？」第二個男人問。

「請問，你是她的……」志強反問道。

「請你到那邊去，我們有事問你。」男人說。

「你們是什麼人？有什麼事？」

男的從襯衫口袋拿出一張服務證，在他們兩個人面前晃了一下，說道：「刑事組。」

林淑貞高聲說：「出了什麼事？是不是真……」

「真……怎麼樣？」男的問，兩眼直看著林淑貞。

「是不是真的自殺了？」林淑貞說。

「請，到那邊去我們再聊。」

局勢已經擺明，不過去是不行的了。張志強轉身用右手抓住林淑貞的手臂，用力握了兩下，表示一切無問題，他會應付。男人手一擺，張志強帶了林淑貞走在前，男人跟在後。

張志強看看第一個從五E出來的男人，怪不得他不進來，他往那裡一站，把所有的上下通路都截斷了。像現在，他和林淑貞要逃也逃不了。這個想法真怪，自己沒做錯事，為什麼要逃。

沒幾步，就到了第一個年紀較大的男人面前了。那個男人手向開著的五E公寓門一攤，做了個請他們進去的姿態，但是沒理會他們兩人，逕自先向房門走了進去。

張志強一回頭，原來走在後面自稱刑事組的男人已經站在電梯、樓梯的那面了。他和林淑貞仍在包圍之中。這兩位先生大概是有經驗的警察吧。陳小姐一定碰到了什麼麻煩，多半自殺成功了。

四個人魚貫進入五E公寓，最後進入的刑警用腳跟把門輕輕碰上。

五E室的客廳和張志強從窺視鏡反看五B的客廳是完全一樣的。

進門就是四米左右長的客廳，一個釘死的矮櫃把客廳和廚房分開。從廚房的式樣看來，這公寓只能做單身公寓，或是偶爾在家用餐的新婚夫婦之用。

寬兩米半出頭，深一米半多一點的廚房，有個單頭瓦斯爐、半個流理台、半個水槽，小的桌上冰箱，吊櫃，靠左側牆角還要放一張小餐桌。因為餐桌兩邊靠牆，所以最多只能兩人用簡單的餐飲。廚房的窗倒是一排很大的鋁推窗，張志強知道這一邊是開向巷弄內方向的。抽油煙機出口預留得很好，不影響開窗。公寓設計還是夠考究的。

客廳經過矮櫃上幾根細細的、間隔很大的雕花柱子和廚房分開，只有靠右側牆那一邊有三分之一寬是垛半牆，後面大概是廚房的櫃子在利用，所以白天自然照明還是相當明亮的，看書恐怕還是要人工照明。

褐色玻璃、不銹鋼鐵架咖啡桌；白色長沙發、兩張同樣白色的包皮無背方凳，可能是出租單位的制式裝備，此刻這長沙發被推到後側緊靠著矮櫃，使矮櫃抽屜都不能開啟了，空出了客廳大部分的空間。不知從什麼地方搬來了一張木質的二斗辦公桌靠在右側牆上。桌後正放了一張木質靠背椅，桌前也放了一張，椅背也靠在牆上。這桌子和椅子，一看就知不是這高級單身公寓的東西，張志強感覺這好像是從樓下看門人房間臨時搬來的感覺。

房間左邊牆只有一扇門。門裡當然是臥室。臥室不可能那麼長，自然前半段是五F公寓的臥室，五F的臥室有窗。這間臥室是密封的無窗臥室，怪不得這個公寓空著沒租出去。能有更好的般計嗎？張志強認為沒有。是倪老先生所謂文明進步的損失嗎？張志強忽然想到，台北附近山上，世界著名的五星級大飯店，不也有許多房間根本沒有窗戶嗎？

第一個男人走到木桌後一坐，年輕的一位把另一把木椅拖過來向門上一靠，也坐了下來。留下張志強和林淑貞尷尬地站在當中不知怎麼辦。

好在桌子後面的那位拿出一個證件，交到張志強手上，一面開口道：「這是我的證件，你們看一下。我是管區刑事組的高組長，這一位是游警官。」

張志強還是第一次碰到這種場面，心裡雖然知道他們不是壞人，自己又光明正大，不是頂怕，但仍有點膽怯。他還是一隻手扶著林淑貞安撫她，一隻手拿了交過來的證件，隨便看一眼，糊裡糊塗等於什麼也沒入眼，就把證件還給高組長，嘴裡問道：「是不是陳小姐出什麼事了？」

「我先問你，你叫什麼名字？」高組長問。

「張志強。」他提高聲音回答，看見高組長自桌上拿過一副紙筆，他又加一句：「志氣的志，強壯的強。」

高組長望向林淑貞，林淑貞報了姓名。

「你們兩位是做什麼的？」高組長問。

「我是台大醫院的實習醫師。這位是護士林小姐，同一個醫院。」張志強回答。

「有證件嗎？」高組長問。

張志強自後褲袋取出皮夾，找身分證。後面的游警官馬上站起來，很有技巧地向他皮夾裡瞄。張志強有點笨拙地把身分證拿出來，又自襯衣口袋拿出識別證，放到高組長桌上。

這時林淑貞已經從手裡緊握的小皮包裡拿出了身分證，看到張志強連服務單位識別證也奉上了，趕緊又補上了自己的識別證。張志強把她兩個證件接下來，也交到高組長手上。

高組長拿起四張有照片的證件，有經驗地仔細看著，又對了照片，向游警官點點頭，但是臉上的神色一點也沒有放鬆。

「李小姐。」他向關著的臥室門叫著。

臥室門打開，走出了一個穿女警制服的小姐，沒戴帽子，手在整理頭髮。臥室門開在左面牆的近中央，開門的方向使張志強一點也看不到房內情況。約莫門後是套房牆壁。門裡面本來有講電話的輕聲，沒有人在對白。看來陳雪珠的事還真有點嚴重，自己要小心應付。

「組長。」女警說。

「把這四張證件拿進去，抄一下資料，打個電話到台大醫院，問他們有沒有這樣兩個人。」高組長指示。

「是的，組長。」女警接過證件，向張志強和林淑貞仔細看了好幾眼，受過訓練的眼光像是要給對方照了個相，至少閉上眼睛形容可以講個七、八分像。她回向臥室門。

張志強趕緊喊道：「這時候……你可以問急診室或婦科病房，他們都認識我們兩個。」

女警只是稍停一下聽他說完，沒回話，也沒回頭。

張志強突然想起一件重要的事，回頭向門口望去。門的左邊有個五吋電視監視螢幕，現在開著。透過裝在樓下玄關的監視器，大門外的情況一覽無遺，目前，門口沒有人。由於監視器非常好，連背景上一家小藥房也可分辨出來。螢幕下是個對講機，掛在鞍鈎上。一個開關，一個按鈕，可能是管螢幕開關及管開門的。一根電線自邊上拖出，上面掛了一個小蜂鳴器。這樣有預先設計的公寓，當然蜂鳴器是不可能安裝這麼隨便的。張志強知道這是五B公寓門鈴拖過來的線。怪不得五B沒有人，但是能立即開門。不論這是件什麼案子，一定要快快脫身才好。

「高組長，其實我們兩個和陳小姐毫無關係。她是個病人，我們兩個來替她打針。」張志強一口氣說道。

「打什麼針？」

「這樣，我把詳細情況告訴你。」張志強看看四周，唯一的兩張椅子都有人坐了。靠底上矮櫃的沙發又變坐到組長後面去了。組長顯然沒有要他們坐的意思。沒奈何，他繼續道：「昨天之前我們兩個並不認識她。昨天下午她來醫院門診。她經過檢查，知道自己的確懷孕了……」

「等一下，你說她懷孕了？」

「沒有錯。」

「說下去。」組長說。

「我們醫院因為和衛生所是合作的。每一位發現有孕的女子，都要打德國痲疹的疫苗，所以我們是來給她打針的。」張志強說。

「打針的器具呢？」組長問。

「……」張志強悶了一下，急急解釋道：「我們昨天晚上是帶了針和針藥來的，但是她不在家，所以我們回去了，今天……」

「昨天幾點鐘？」組長問。

「晚上十一點整。」

「沒有人在家？」

「沒有。」

組長突然問：「信箱裡的字條是你們留的？」

張志強點頭。

林淑貞說：「字條是我寫的。」

「打德國麻疹疫苗？」

「是的。」

「沒打成？」

「沒有。」

「那麼今天你們兩個又來，而且沒帶打針用的東西，到底為什麼？」高組長緊迫一步又問道。

張志強真的有一點作繭自縛的感覺了。定一定心，覺得有必要仔細說，對方才會明白，不致越弄越亂。張志強說：「陳小姐昨天去醫院門診，我給她開的檢驗單，證明她是有孕了。但是她的行為非常怪異。我們認為她未婚有孕，有自殺的企圖，昨天來的時候，是以給她打針為理由，實際是想勸她不要自殺了。後來沒有見到她，心裡更不安了。所以今天再來一次。今天來，是要看她有沒有自殺，所以沒有帶針和疫苗來。」

「嗯，我有兩個問題問你。」高組長好像自己提醒自己，要問的問題有兩個，不要問了第一個問題把話題一扯，忘了第二個問題。「這張檢驗單，是不是你說的檢驗單？」高組長從桌上一個卷宗裡拿出一張白色的一般檢驗單。

「是的，是的。」張志強說：「你看這是我的簽字。」

「上面報告的什麼意思？」

「這個外文字是荷蘭一家試藥工廠試藥的名字，這是荷蘭文，這種試驗陽性反應表示病人有孕了。」

「這張單子是你開的？」

「是的。」

「陳雪珠有孕了？」

「是的。」

組長和游警官對望一眼。張志強認為他們暗暗有交換默契，這是「動機」。兩個人臉色客氣下來。

高組長說：「你來得正好，要不是今天太晚，怕醫院下班了，而且也不是要緊事，否則早拿這張檢驗單去請問你了。你今天不來，我們明早一樣去找你。」

張志強點點頭。

高組長又問：「第二個問題，你說她行為怪異，有自殺企圖。請你說給我聽怎麼回事。」

張志強說：「其實我說錯了『行為怪異』，應該是『說話怪異』。當她知道自己有孕了，她說了些前後矛盾的話。」

高組長對他做了個疑問的表情，鼓勵他說下去。

張志強說：「她是胸有成竹來檢查小便的。知道了陽性反應後，她先問假陽性反應的機會多不多，然後說懷孕就糟了。她說這小孩是不能生的。她告訴我原因非常複雜。最後她說了一句非常奇怪的話，她說：『這小孩絕不能生下來，我也絕不會打胎。』所以我們和很多人商量後，都認為她有自殺的企圖。」

女警自臥室出來，她說：「組長，和醫院聯絡過了，有這兩個人，也查過電腦了，沒前科。」

組長從她手中接過四張證件，示意她留在外面，把證件放在桌子上、自己的面前，顯出一副完全公事化的臉孔，他說：

「張大夫，林小姐。我相信你們兩位是無辜、有意幫別人忙的有為年輕人。我現在有個不情之請，事情辦完，你們立即可以回家。

「因為某種特別的原因，我們要看看你們兩位身上帶些什麼東西。請你們注意，這不是搜索。

「其實，你們闖進一件案子，我們可以先以嫌疑犯，先逮捕再檢查。或者，照目前情況，我也有足夠資料向檢察官申請一張搜索票搜你們，不過派人到地檢處，來回很花時間。

「假如你們自願讓我們看看身上帶些什麼東西，將來不要說我們無辜搜索你們。我們查完，你們就可以回家。」

張志強和林淑貞對望一眼，兩個人都極想回家。林淑貞說：「我們又不是壞人，搜搜沒關係，我早點回去明天好上班。」

高組長很高興，示意女警帶林淑貞去臥室，女警很客氣地把林淑貞請進去，把門關上。

外面游警官站起來，很客氣地請張志強自己把身上口袋裡的東西都拿出來，把口袋底都翻出來，並請張志強把夾克、長褲、襪子、鞋子全都脫下。張志強本不願把長褲脫下的，但是想想自己問心無愧，何必增加對方懷疑呢，何況他也想把林淑貞早早帶出這是非之地，所以還是照做了。

游警官很仔細地在張志強只穿襯衫短褲的身上查了一下，逕自去看他脫下來的襪子、褲子、鞋子、夾克，客氣地查一件還給他一件讓他穿上，查完時他也穿回原樣了。

高組長同時間在看他口袋中拿出來的皮夾、硬幣等等小東西，看完一件件也都還了給他。請他在長沙發坐下，自己則把有背的木椅換一個方向，把椅背靠向牆面對臥室門坐下。

「組長，」張志強說：「我也請問件事，是不是陳小姐自殺了？」

林淑貞自臥室出來，李警員跟了出來，向組長做了個什麼也沒有的表示。

組長自桌上拿起四張證件，分別交還給張志強和林淑貞。

「是的。」他說：「陳雪珠死了。我要問你們最後一個問題，你們知不知道陳雪珠是不是她的本名？她從哪裡來？老家在哪裡？在哪裡工作？有些什麼親友？」

「組長，我們是昨天下午兩點鐘才第一次見到她，你問的我們一句也答不出來。」

「好吧。」組長說：「陳雪珠給你們猜到了，死了。屍體已經運走了。因為一些特定原因，我們在這裡留一下，再查一查。消息還不到公佈的時候。你們回去不要多談。我們說不定還要找她的病歷。今天見到你也好，我到醫院去就找你，你最知道情況了。你們可以走了。請不要怪我們有的地方要公事公辦。」

高組長伸手主動和張志強握手。

女警李小姐也安慰地握一下林淑貞的手臂，她年齡似乎比林淑貞小了一、兩歲。

游警官開了門，由李警官送兩人到電梯口。

# 第九章　自殺或謀殺

走出公寓大門，一陣冷意，到底中秋已過了三天，天該開始冷了，月亮像豐滿的檸檬，照得弄子裡很亮。

志強覺得有點灰頭土臉的，出過冷汗的背，給冷風一吹，雖有涼意反倒爽快。

「你的第一個病人終於溜走了。」淑貞同情地說。

「我們多管閒事，差一點脫不了身。」

「他們為什麼要搜我們搜得那麼仔細？」林淑貞問。

「我也不知道。」張志強問她：「那女警查你查得嚴嗎？」

「非但查得嚴，房間裡共有三具電話，還有一個相當大的像是通訊總機的東西。像是捉間諜的。」淑貞說。

「顯然這是他們暫時辦案的總部。」志強說：「我不懂，一個風塵女郎自殺，為什麼要這麼小題大做呢？」

兩個人不聲不響地向前走著，沒有一定目的似的。月色很有情調，只是心情不對。

「除非她不是自殺。」張志強又說。

「不是自殺？」林淑貞看向張志強：「那是什麼？」

「也許她告訴什麼男人，她懷孕了，男的覺得事態嚴重，把她謀殺了。這種情節電影裡很多的。」

「殺她的人不知道呀。」

「那佈置得那麼嚴密有什麼用，兇手會回去嗎？」

「不會。」

「那就是囉。」林淑貞說：「何況根本是個自殺案。」

「但，也許警方認為是謀殺。」

「怎麼會呢？自殺怎麼會被警方認為是謀殺呢？」

「偵探小說中有寫過：自殺的方法很特別是一種，也有自殺的人故意佈置成他殺來陷害人的……還有就是某種巧合，使本來十分簡單的自殺複雜化了。譬如……譬如……」

「譬如什麼？」

「淑貞，我明白了。我明白了警方為什麼把這件自殺案看成謀殺案了。」

「為什麼？」

張志強說：「為了倪家羣二姐夫的一通電話。——你看，本來一個風塵女郎偷偷在公寓自殺，誰也不知道。但是一通電話『九五，九五』，說可能有人在公寓自殺了，員警會怎樣想？」

林淑貞說：「警察會想『還好有人終於報了案』。否則等死人臭出來，處理要困難得多。」

「不對，」張志強說：「警察會想，有一個人自己準備好了時間證人，在這段他不可能在場的時間裡，把陳雪珠殺了，佈置成自殺狀，這樣即使警方查出是他殺，也牽不到他身上來。」

「但是，到了第二天下午，屍體還沒有被人發現，再拖下去，不知哪一天才有人知道裡面有個死人。到時候，根本不知道她哪一天死的，這個最有嫌疑的兇手佈好的時間證明就失效了。所以警方認為是兇手打了電話，使屍體早點被發現。」

「那警方不是會認為，打電話的有嫌疑了嗎？」淑貞問。

「打電話的他們不知道是什麼人。但是他們會守在公寓裡，相信兇手會回去看屍體被發現了沒有。」

「但是根本沒有兇手呀。」

「我們兩個不是昨天去，今天又去了嗎？」

「他們以為我們是兇手？」林淑貞大叫道。

「我們兩個昨天去過，對面的小姐可以證明。」志強說：「今天又去。而且一開始我連著說的幾個理由，反而引起了高組長的疑心。譬如我說去打針，但是我們沒有帶針。……這也許是後來他搜我們的原因。」

「他們怎麼可以……」林淑貞說。

「他們可以的。懷疑，求證，本來就是他們的責任。你沒聽高組長說可以先逮捕我們，可見他們不是把這件案子當自殺來處理。我想……只是為了二姐夫的一個電話。……我們應該回去，把電話是什麼人打的，為什麼打這個電話的來龍去脈告訴高組長。這樣他們就知道是虛驚一場，可把那個臨時站收了，大家回去睡覺，對我們自己也好，沒人懷疑我和你會去殺掉第一個病人了。」

「對二姐夫會不會有不利？」

「不會的。他報的是自殺專線，而且因此發現了屍體，他還該嘉獎呢。」

「我不太想回去。」淑貞說：「那地方死過人，我先回去，你一個人去說明好了。」

「世界雖大，哪個地方沒死過人。」志強說：「醫院裡死人最多，你都不怕。再說我們也不到有死人的房裡去，怕什麼。你陪我去，我說話他們容易相信。說完之後，我們就輕輕鬆鬆散步回家。」

# 第十章　命單八字

這次他們按五Ｅ的電鈴，電門鎖馬上又打開。

在五樓一出電梯，就看到游警官站在電梯對面，五Ｅ公寓的門口，「你們怎麼又回來了？」他問。

「我們想起了一件要緊事要見組長。」志強說。

「好，請進。」

張志強讓林淑貞走在游警官的後面先進房間，自己跟在後面。高組長的桌子已整理得乾乾淨淨，除了左上角的兩份卷宗外，桌面上什麼也沒有。高組長站在桌後，手裡拿個〇〇七手提箱，好像準備要離開的樣子。

「高組長，」張志強搶先開口：「有一件事剛才忘了告訴你。我和林小姐知道了這位病人有自殺企圖後，和五、六個人討論過。是我一位同班同學的二姐夫，打了個電話給自殺專線，不知這件事對你有沒有幫助。」

高組長看看游警官，把手提箱平放在卷宗上，將椅子自辦公桌肚子抽出來。

「來來，你們兩位坐沙發，」高組長說：「不要急，慢慢把詳細情況告訴我。」

張志強看林淑貞坐好，做個手勢讓兩位警察坐，三個男人分別坐下來。這次游警官坐在辦公桌前面的椅子裡，沒有坐到門口。

張志強從容地把昨天十月一日是他第一天當實習醫生，他和林淑貞如何決定要幫助第一個病人，他們如何和倪家這些人討論；又如何在晚上十一點夜探這公寓，怎麼進公寓的門，在窺視鏡中見到什麼，對門那位小姐如何見到他們；又為什麼在信箱裡留條。一直說到今天二姐和二姐夫中午兩點之前來，因為看到信箱裡字條還在，房裡燈光還亮著，又窺看到咖啡杯未收，所以判斷只有兩個可能。

張志強繼續告訴高組長，倪家二姐夫認為只有陳雪珠在外面眷遊忘返和已經在家兩個可能，所以打電話到自殺專線說她有可能自殺，並沒有錯。即使她尚未自殺，企圖總是有的。

高組長耐心地聽，也插問了一、兩個小問題，最後他說：「謝謝你，小兄弟。你的確幫助我們又解決了一個疑問。本來我剛才想問你這個電話是不是你打的，但是有兩個原因我沒有問。」

張志強想，高組長是刑警當久了，心裡總在分析推理，所以說話喜歡一點、兩點的。

高組長繼續說道：「第一，這是打電話的人和我們之間的秘密，只有他和我們知道中間有個電話，我不願曝光了。第二，電話是男生打的，我原本準備找一個林小姐不在場的時侯問你，要是剛才林小姐晚一點從房裡出來，可能免得你們再回來一次了。事實上我知道你在哪裡工作，隨時可以來問你的。

「不過，我還真感激你們特地回來告訴我。」

「高組長，你能告訴我陳小姐用什麼方法自殺嗎？」張志強問。

高組長猶豫一下，問道：「你們知道陳雪珠是打粉的嗎？」

「打粉？」張志強和林淑貞莫名其妙地看著組長。

高組長笑笑，「對不起，這是黑話，打『速賜康』一般叫作『打瓶的』。靜脈打嗎啡，黑話叫『打粉』的。」

「嗎啡？你說這樣一個小姐有嗎啡癮？」張志強說。

「是的，她一直在自己用嗎啡靜脈注射，是個毒癮很深的人，這次也許是毒品不純或用量過多死了。你們來了又給我們第三個可能——自殺。而且你們講得很有道理，因為她懷孕了，這是個動機。」

「怪不得……」張志強說。

「怪不得你們來的時候，我們對你們不客氣，是嗎？」高組長說：「你站在我的立場想一想。有人報案公寓裡有人自殺，我們發現一個有毒癮的人打靜脈嗎啡死亡，信箱裡有張字條說：『針還是要打的，有空來醫院。』而後，你們兩個來找她，開始講的話又和事實有出入。你們兩個在醫院工作，說不定有嗎啡來路，我搜你們，你們不怪我吧！」

「不怪，不怪。」張志強心服口服地說：「你沒把我當供應她毒品的毒販，我們已經十分幸運了。」

「環境證據有的時候就是如此。」高組長說：「你們做的，都是一個正常好醫生該做的，雖說過分熱心了點，但是今日文明社會就缺少互助合作、守望相助的精神。但一些陰錯陽差，差一點就讓我們誤會你們了。」他站起來，又說：「謝謝你們，我要下班了，我有車子，要不要送你們一程？」

「高組長，請恕我多嘴，」張志強說：「我對這件事好奇得厲害。我本來以為電話的事一旦得到結論，你們就不必守在這裡了。但看樣子你們沒有撤退的打算，是不是在等毒販送毒品來好逮住他們？」

「小老弟，」高組長饒有興味地說：「你太天真了。道高一尺，魔高一丈。你以為今日的毒販會送毒品到別人家裡讓我們人贓俱獲？這個機會是不多的。我告訴你好了，我們不是為了這個電話，或是想捉毒販才在這裡守候的。」

張志強感到很失望，看來組長是不會告訴他真正的原因了。他點點頭，正準備和林淑貞一同起身。

高組長出乎意外地做了個叫他們坐下的手勢，自己又坐回椅子裡。高組長說：「有一些事我還不能告訴你們，但是我可以告訴你一個我們為什麼要留在這裡的理由。我們要向每一個來拜訪她的人問她的底細。因為到目前為止，我們還不知道這位陳雪珠的真實姓名，她來自何處，以及她是幹什麼的？」

「真的嗎？」張志強說：「不可能呀。她應該有身分證、戶口名簿，她是受過教育的，應該有來往信件；她會有存摺、水電收據，也許她有訂報……，她會打電話給父母，長途電話號碼也許會有登記……要是她是被迫做不正經生意……她會寄錢給父母，寄錢有存根，不然她房裡也會有工作地方的火柴，也許其他送人的小東西……」

「小強！」林淑貞說：「人家都是專家。」

高組長一直瞇著眼，看著、聽著張志強急急地說話。聽到林淑貞這樣一說，怕張志強不好意思，他解釋說：「不錯，不錯，你分析得很對。她在這裡住了快六個月了。我想是她很小心一直在掩護身分。

「第一，她沒有身分證，至少我們到東到西都找遍了，沒找到。第二，她沒有銀行存款或郵局存款，但有二十多萬現鈔，藏得很好，我們都找得到。第三，這裡沒有信件。第四，更別說戶口名簿了，她連流動戶口都沒報。也許管區警察來的時候，這裡的房客不是在睡覺就是還沒回來吧。」

「房東呢？知不知道她來路？」張志強好奇地問。

「訂約雖說是和公寓管理委員會訂的，但是房租是六個月先付的，契約是一位退伍管理員給的。我再告訴你一件有意思的事，這兩幢公寓因為是中央空調，公用的水電比每單位自用的要多得多，所以水電都是由當月各單位依兩種標準來分的：一種是一房一廳，一種是兩房一廳。未婚的警官要是住到這裡來，用電都無法半價的。」

「我也住不起這個公寓。」游警官第一次正式開口說話：「除非不吃飯了。正好一半薪水。」

大家笑笑。

高組長今天真的很有興致，也許是希望張志強能再想起一些陳雪珠說過的話，以便知道她的身分。他非但沒有站起來，反而把壓在手提箱下的兩個卷宗抽出一個白卷宗來，拿在手裡，面向張、林兩人。

高組長說：「除了樓下電鈴上有一個『陳』字外，其他在她房裡，有字的東西都在這裡了。」他把卷宗打開，卷宗上第一件東西就是那張檢驗單。高組長繼續說：「這張檢驗單就放在咖啡桌上，上面有陳雪珠的名字，有寫二十七歲，但是這都是你張大夫寫的。檢驗結果先前我們不知道，現在知道了。

這是一張房租收據和契約，姓名也是陳雪珠，契約已查清楚是管理員給她的，管理員對她的來路也不清楚，她連圖章都沒有，簽個字了事。

「這是報紙收據，看到嗎？上面寫的是『陳宅』。

「而這個，是一張奇怪的東西，我們之所以懷疑陳雪珠不一定是她的本名，跟這張紙有關。」

高組長把一張舊舊的、有毛筆字的紅紙交給張志強，繼續向張志強解釋道：「這顯然是本省小孩出生不久，父母請算命先生給他排八字批命的一張命單。這是從她床頭抽屜找出來的，看這個舊樣很可能也有二十幾年了。紙張好像被人一看再看，所以我想是陳雪珠自己的命單。

「但是一般的命單最前面都有個姓名，然後會寫上乾造或坤造，某年某月某日某時吉生，再下面是八字。但是這些部分全給撕去了，所以本來長方形的命單，現在變正方形了。」

「為什麼要撕去呢？」林淑貞問。

「我推測有兩個可能，」組長說：「第一，這個上面有陳小姐的真正姓名，她不想讓別人知道。第二，這上面有真正出生時間，她不要別人知道她真正的年齡。」

張志強一直在聽高組長和林淑貞的對話，一面在看這張命單，這時候他開口：

「還有第三個可能。」

組長向他看去。

張志強說：「組長說的兩點都有道理，但是不必把排好的八字也撕去呀。撕命單的人連八字也撕去，可能是因為迷信八字不好，將嫁不出去。所以還有一個可能，是陳小姐的父親或母親老早就撕去的，看這個痕跡不像新近撕去的樣子。」

高組長摸摸鬍髭，一早刮的鬍髭，忙了一天，此刻已冒出很多髭頭來了。

「很有道理，很有道理，」他說：「我看到這半截被撕掉的命單，直覺認為是陳小姐把它撕去的，原因是上面有個真名，而陳小姐不要別人知道她的本名，那麼陳雪珠三個字一定是假名字。

「現在經你老弟一講，我認為比較有理，前半段可能不是陳雪珠撕去的。陳雪珠仍有可能是真名。我們找她的根就容易一點了。

「老弟，我給你見識見識只有一個假想的姓名，要找一個人的背景有多困難。看完了也許你會知道我們警察工作多繁重，效率也不算差了。」

高組長走進臥室，過了一下把李警官帶了出來。高組長對李警官說：「李小姐，今天下午我叫你清查全省的陳雪珠，你把清查情況說出來給我們聽聽。」

李小姐將手中卷宗翻開說道：「全省共有一百三十二個陳雪珠，扣除太老、太年輕的，我們只計算二十歲到三十五歲的陳雪珠共有五十六個。這五十六人當中，已經找到的有二十一個，換句話說，已經有二十一個陳雪珠是我們用電話找到她，或是有人絕對知道她活著的，目前我們正在用電話或人力繼續追查，我想這一類明天會更多，現在還有三十五個陳雪珠尚不知在哪裡，有的連家人也好多年沒見過，有的從南部到台北來做事，有的好多年沒有音訊。反正一個個正在清查，早晚會查出來的。但是萬一，陳雪珠是假名，那就沒辦法了。」

「真是辛苦，即使從報案時間開始算起，也不過八、九個小時，但已經有那麼多成績了，真是不簡單。」張志強真心地說：「我希望陳雪珠是她的真名，否則……」

「反正查是一定查得出她是什麼地方來的。」組長說：「只是……」

「只是時間問題，是嗎？」林淑貞突然客氣地說上一句，也許是她想早些回宿舍了，也許她真這麼認為。

「不是，」組長對她說：「是案情的優先問題。這件案子目前不是大案，動用人力不能太多，驚動友局也越少越好。」

張志強一直在看那張紅色的命單，這時他說：「假使知道這張命單主人的正確出生年月日，對你會不會有幫助？」

高組長想了一想說：「這張鬼東西我看不懂，所以這一點還沒考慮。你既然問起。第一，我們暫時可以認為這是陳雪珠的命單。第二，明天我去請教高明一點的算命師，看能不能倒過來算一算。知道陳雪珠正確的出生年月日當然有用，至少對李小姐幫忙很多。」

「那就太好了。」李警官說：「我不相信會有兩個陳雪珠同年同月同日生。如果有出生年月日，我一下就可以找出她的背景來了。除非……」她突然停下來，興奮的臉色消失，又慢慢地說：「除非陳雪珠不是她的本名。」

「這條線索還是有用。」游警官安慰她道：「萬一這張命單能提供這女人的出生年月日，這女人真是叫陳雪珠，我相信你能在兩個小時內找出她是誰來。假如她名字是假的，但姓沒有改，我想你兩天內也可以找出她的底來。萬一姓名都是假的，出生的年月日絕對沒有錯，我們陪你一起忙，非把她的底找出來，使她能有家人給她入土為安。」

李警官點點頭。

張志強說：「用這張命單找出這位小姐正確出生年月日是不困難的，我就可以。假如你們要我辦，我一定可以辦到。」

高組長看看游警官說：「那太好了，用什麼方法？」

「我可以用上面批的話，重新排出八字，然後對照萬年曆，就可以找出正確的出生年月日。」張志強說。

林淑貞點頭加強其他人信心，她說：「我保證他能。」

大家開始張羅辦這件事。

張志強告訴大家手頭缺一本萬年曆。他請林淑貞找家書店花百把元買一本，萬一書店關門了，可以去倪家他書架上拿他常用的那一本。

高組長立即建議由游警官陪她去，隨便找家書店只要裡面有人，就拿出刑警的識別證請他們幫忙買一本回來，高組長還指示不能由林小姐付錢。

游警官陪林淑貞離開之後，張志強把紅色命單往桌上一放，順手鋪平。

李警官湊過來一看，只見是一張年代很久的紅紙，本來應該是長方形的，因為右側撕去了一部分，所以變成正方形了。撕得很整齊，一定是摺得很深後再撕的，撕痕不是新的，而且紙已經相當皺，可能曾被人看了又看。

上面的字是用毛筆寫的，但是從字跡和文筆可以看出當時術人的教育程度不高。

紅色命紙上寫著：

戌亥空亡

八才起運，每逢乙庚年生日後十日交脫

坤造庚金逢季秋，戊土司令。戊己土雙雙透干。有土厚金埋之勢。必先用甲木疏土而後水洗金始可出。局惜不見甲木，乙木時支未能透干，助無力不能代替甲木疏土。

月干食神有微根吐秀，人俊秀美麗，逢流霞，本極佳配合，然年干梟印制食，時上濕土混水，水混不清。況即運行見甲木，亦為己土合化不吉。故土厚金埋，無甲制土為本命大病。病重藥少。

土透有壬無甲莫問衣食，乙用無力一生災害。日逢大敗魁罡，年月雙沖日支，故幼年易病難養。行運大忌土火，防大敗，悲觀，兇變。……謀事東方發展方吉……

下面是椿萱、弟兄、六親等老套，比較特別的是：

十三～十七　羊刃不吉，身心二困，傷害口舌。

廿三～廿七　申運大吉有財運。

廿八～卅七　己未大運天干地支皆土，十年不吉其中尤忌乙丑年（廿八歲）忌神重。歲運，大運與本命戌丑戌未三刑逢沖，災害重，防突變。

李警官問：「這些東西怎麼能看得出她的出生年月日呢？」

張志強說：「我研究過這門學問，其實這並不困難，有的時候是術者故弄玄虛，有的術者自己也是一知半解。我現在來把她八字重新排出來。萬年曆一來，生日就知道了。」

張志強向他們要了一張草稿紙，拿出自己的筆在白色紙上畫了一張空白表格：

| | 年柱 | 月柱 | 日主 | 時柱 |
|---|---|---|---|---|
| 天干 | | | | |
| 地支 | | | | |

張志強解釋道：「中國人甲乙丙丁……是天干；子丑寅卯……是地支，天干配地支，六十個數一循環。每年有一個天干、一個地支。例如去年是甲子，今年是乙丑，明年是丙寅。每月也有天干地支。每日也有天干地支。每時有地支。時的天干因生日天干而異，有一定遁法。

「所謂人的八字，即是出生年月日時的天干和地支，一共八個字。現在我們從命單中的話把她的八字重組起來。

「你們看，命單第三行坤造庚金逢季秋——可見日主天干是庚字。逢季秋是說生月的地支是戌。最近幾百年正月地支一定是寅，二月一定是卯……戌的地支指她生在某年寒露、立冬之間，大致是九月。」

張志強把表中日主天干填上「庚」字。月柱地支填上「戌」字。

他又說：「命單下面又說：『戊土司令』，那是戌裡『藏干』戊在司令。下面說『戊己土雙雙透干』，是指『庚』以外天干有一個『戊』字，有一個『己』字。『有土厚金埋之勢』指八字中土太多了，因為天干『戊』和『已』也都是土。下面幾句『庚金』是指她自己，被埋在土裡，沒有剋土之木，命不好。

「下面第二段『月干食神』，是指月柱的天干是『食神』。以她日主是『庚』，庚的食神是『壬』。所以我們知道她月柱天干是『壬』。」

張志強在月柱天干上填了個「壬」字。

他又解釋道：「下面一行『然年干梟印制食』，這一句是指年柱的天干是偏印，『庚』的偏印是『戊』。所謂偏印見食神稱為梟印，其實是戊土制壬水。所以我們知道她年柱的天干是『戊』。」

張志強於是又在年柱的天干填了個「戊」字。

他又接下去說：「下面是『時上濕土混水』。『戊』、『己』兩個字都是土，『戊』是乾土，『己』是濕土。命單上說時柱的天干是個濕土，就是『己』字。」

張志強又在時柱的天干上填了個「己」字。

他說：「你們看，剛才不是說『戊己土雙雙透干』，現在天干都出來了，地支也有一個了，其他的就呼之欲出了。」

高組長說：「你不是大夫嗎，哪裡學來這一套？」

張志強說：「這不是和燈謎一樣嗎？我們看下去，這一段都是說濕土混了水，不能洗她的命主『金』，『金』無法自水中沖脫，也就是強調土厚金埋。『庚』金代表她自己，說她不易脫穎而出。」

大家不出聲，看張志強畫的表格，八字已經有五字了。

張志強說：「再看第三段，第三句『日逢大敗魁罡』。日逢即是日主『庚』坐下的地支遇到了『十惡大敗日』和『魁罡』日。『庚』的『魁罡』有兩個可能：『庚辰』和『庚戌』，但是『大敗日』天干是『庚』的，只有『庚辰』，可見日主地支是

『辰』。」

張志強又在日主的地支空格裡填上一個「辰」字。

他又說：「下面一句『年月雙沖日支』，是說年和月的地支是一樣的，而且和日支對沖，月柱地支已知是『戌』，所以年柱地支一定是『戌』。辰戌對沖，一點也沒有錯。她屬狗的。」

他在年柱地支格內填入「戌」字，至此八字已有了七字。

張志強說：「夠了夠了。到目前為止，只要有萬年曆，就可以說出她是何年何月何日生了。但是為了八字完整起見，我來用五鼠遁日起時法算一下，乙庚起丙子。丙子、丁丑、戊寅、己卯，她是卯時生的。」

張志強在時柱地支上填上卯，八個字都出來了。

高組長似懂非懂地看他做完了填充題。

李警官說：「我哥哥屬狗，今年應該是二十八歲。」

張志強說：「虛歲二十八歲……沒錯。」

高組長說：「告訴醫生二十七足歲也沒錯，這張命單還真可能是陳雪珠的。」

李警官拿起命單，有感而發地說：「你們看，還真準，上面說『廿三到廿七歲大吉有財』，看她住那麼好，又有不少現鈔，定是真賺了點錢。但是廿八到卅八歲是不吉的。算命難道真那麼有道理？否則怎麼敢寫廿八歲，什麼三刑的，你們看！『災害重，防突變』！可能嗎？」

高組長也給她若有其事地問倒了，看向張志強。

張志強說：「八字之學應該是個統計之學，有如外國人的占星術，什麼星座的人個性如何，流年運氣如何。又像大家說的血型和個性有關。只不過八字分細一點，有系統一點。

「你與其說這張命單準，不如說這張命單寫太直了，陳雪珠看看有十年壞運在前，今年又有災害、突變，一時不能面對現實，自殺了。所以如果沒有這張命單，可能她還不會自殺。」

高、李兩人點頭。高組長說：「星相命理之術玩玩可以，可過於迷信，陳小姐即是一例。」

張志強頗有感觸地說：「學會命理之人，個人德術兼修最為重要。見富貴命不可奉承，應多警惕，免其驕奢淫欲。見憂貧兇險之命，要暗示，不可使之頹喪絕望，要加倍勉勵。不論什麼命，要好處多講，壞處暗示。

「但是今天的術者有些喜歡炫耀能力，有的趁機斂財，還有一些危言聳聽藉機詐財騙色，使得一些知識分子即使有興趣研究，也不敢在人前堂皇言之。」

「張大夫，」李警官說：「有空你給我算個命吧。」

大家哈哈大笑。

張志強說：「但是今日還是有許多知識分子覺得這是一門深奧莫測的學問，他們在閒暇時會共同研商切磋，辯證質疑，想把命學變成大眾欣然接受的參考學問。」

張志強另外拿了一張草稿紙開始把八字重新寫下。

此時，林淑貞和游警官也帶了一本萬年曆回來了。

游警官看到桌上張志強另畫了一張八字，是這樣的。

| | | | |
|---|---|---|---|
| 偏印 | 食神 | 日主 | 正印 |
| 戊戌 | 壬戌 | 庚辰 | 己卯 |
| 衰 | 衰 | 養 | 胎 |
| 偏印 戊 | 偏印 戊 | 偏印 戊 | 正財 乙 |
| 正官 丁 | 正官 丁 | 正財 乙 | |
| 劫財 辛 | 劫財 辛 | 傷官 癸 | |

張志強把萬年曆翻到民國四十七年——戊戌年，又找到陰曆九月，一看是壬戌月沒有錯。在壬戌月下找到庚辰日是十八日，又看看十八日是否在寒露和立冬之間無誤，最後查出陰曆九月十八日是陽曆的十月三十日。

於是他說：「高組長，這位小姐是民國四十七年十月三十日出生的。」

「好極了，」高組長轉頭又向李警官交代：「李小姐，全力找四十七年十月三十日出生的陳雪珠，其他陳雪珠一律放棄。要是沒有的話，找該日出生的陳某珠，或陳雪某。我有一個直覺她姓陳是沒有錯的。這種女人出外只用藝名不用姓，在家不太改姓。萬一再沒有的話，找所有四十七年十月三十日出生的姓陳的女性，我們即使找遍了該日出生的所有女人，也要把她找出來！」

李警官興奮得大聲道：「是的，組長。交給我來辦。」

張志強說：「我還有個建議可能會更節省你們一點時間。」

大家對張志強已經相當有信心了，大家都鴉雀無聲等他發言。

張志強指著那張紅色命單說：「你們看，這位小姐滿迷信的，否則不會把這張舊命單時常拿出來研究，很多地方有『V』表示對，『X』表示不對。你們看，其中有一句『謀事東方發展方吉』。術者本意是她命中土太多，土厚埋金，向出生地東方木的方向走，木能剋土，金易出頭。

「你們看，這一句『謀事東方發展方吉』之下，有淺淺的原子筆跡，雖已褪色了，但仍清楚可辨，那些字是『不可能』，『美國』和『日本？』。

「為什麼不可能？因為出生地向東已沒有地方了。看來是太平洋了，所以她想到美國，又想到日本，但是日本在東北，其實太北了，所以她在日本之下加個問號。

「所以，李小姐，我建議你集中全力在宜蘭、花蓮兩個縣分。」

李警官看看高組長。

高組長說：「照我剛才的指示，但是先只查宜蘭、花蓮兩個縣，其他各縣暫時不再聯繫。」

一切安排就緒之後，林淑貞和張志強由高組長開車送回去，兩人原來想的月下漫步，泡湯了。

# 第十一章 認屍

（七十四年十月四日週五下午二時 D加三日）

「婦產科實習張大夫，請到院長秘書室。」

「婦產科實習張大夫，請到院長秘書室。」

麥克風在廣播。

正在病房工作的張志強十分奇怪，院長秘書有什麼事會找他這個小大夫呢？

張志強放下工作，向院長室跑，在院長室外面，見到院長的秘書小姐坐在那裡。

秘書小姐說：「張大夫嗎？那邊第二個小會客室，有兩位先生來找你。」

張志強謝了她，向小會客室走去，心裡想著是誰來找他？

小會客室的門沒全關，張志強輕聲敲了兩下，把門推開。

來客是高組長和游警官。

「張大夫，你好。」高組長先開口。

「你好，高組長。」張志強有禮地回答，又向游警官問了好。張志強不知道院長秘書是否了解他們來訪的目的。

「這裡的陳秘書我相當熟。」高組長說：「我剛才告訴她，有一件案子，你以民眾立場幫了我們不少忙，說不定我們將來會請上級表揚你一下。我告訴她我們來查點資料，她還表示要是張大夫有困難，她會出面幫忙。」

「怎麼樣？死者的真正身分還沒有查出來？」張志強問。

「沒有那麼快。這件事優先度不高。」

「我很抱歉，斷她來自東部縣市是靠不住的，我有點後悔，不知還能幫你什麼忙？」張志強說。

「屍體今天早上解剖了。」高組長說。

張志強想到他第一個病人的樣子，心裡頗不是滋味。

高組長繼續說：「她裝有子宮環，不可能、也沒有懷孕。」

張志強突然在沙發上震了一下：「什麼？」

「她沒懷孕。」

張志強沮喪地說：「我是醫生，我相信屍體解剖是絕不會錯的。」

「那到底是什麼地方出錯了呢？」高組長問。

張志強想了想，受了高組長的影響，他也第一點、第二點地說了起來：「第一，當然可能是檢查錯誤，檢體混錯或假陽性反應，但是，這個機率微乎其微。何況病人還自稱她的『好朋友』該來未來。第二嘛，這個病人有計畫地騙人，從某個孕婦那裡要了點小便帶來檢查，目的是為了拿張證明回去敲詐或欺騙某人。」

高組長點點頭，似乎也想不出有第三個原因。

「小便檢查可以不用自己小便嗎？」組長問。

「要看什麼病例。」張志強說：「有關兵役、訴訟或要出具關係重大診斷證明的，我們甚至當場要請病人小便或導尿，但是懷孕是好事，我們從來沒聽說過弄別人小便自稱懷孕的。再說檢驗單不是診斷證明，檢驗單只表示隨了這份檢驗單來的檢體是什麼結果。……」

高組長：「我們今天來倒也不是了這件事。我們來是想看看陳雪珠的病歷，不知能不能找點資料出來找到她的底。屍體雖然以陳雪珠名字申請解剖了，我不希望她埋葬了，而她的家人還不知道。我想她的家人一定在某個地方等她信息、掛念著她呢！」

「我去把門診病歷拿來。」張志強說：「你也可以跟我一起去看。隨你們便。」

「我們跟你去。」

三個人一起來到門診部，由張志強填了門診病歷借用收據，管門診的人依姓名在電腦上找到陳雪珠的門診號，把病歷交給張大夫。

門診病歷歸檔的時候，是把整份病歷放在牛皮袋裡，他們三人湊在櫃檯沒人的一角，把紙袋裡的東西都拿出來。一共只有三張紙，由迴紋針夾著，最上面一張是門診病歷首頁，第二張長長一條是電腦打出來的小便檢查孕妊試驗陽性報告，第三張是病歷紀錄。

張志強把整份交到高組長手中。說道：「這一份首頁，應該是掛號的時候她自己填的，字還滿清秀的，你看……姓名：她填了陳雪珠；性別：她把『男』字畫掉了；

出生年月日：她沒填，寫了個二十七歲；出生地：台；地址：她寫得很清楚，緊急通知人則整欄沒有填，已知過敏藥物那欄中有個無字，過往有否手術治療那欄中有個無字……」

「等一下，」高組長插嘴說：「這個女人開過盲腸。第一天在現場，法醫看的時候我在場，她右下腹部有個像盲腸手術的疤。今天早上解剖也證明她開過盲腸。」

「奇怪，」張志強說：「開過盲腸的人，即使是很小時候開的，因為洗澡都會看到疤，所以很少忘記的。我見過小時候開扁桃腺的人，往往忘記填這一欄，但是開過盲腸……很少不填的……除非……」

張志強和高組長兩人瞪大了眼睛互相望著。

高組長問：「這個人多高？」

「很高，比林小姐高不少，一六七、一六八左右。」

「頭髮？」

「短髮到耳下一點，沒燙，髮梢向內，梳得極亮。清爽得很，很高貴……」

「什麼衣服？」

「上下全黑，有點金色的配件。短袖薄毛衣，身材好。黑毛外套，一樣質料的黑長裙，我不知道是什麼質料，但一定很貴。」

高組長像皮球放了氣，人小了半號，精力也洩掉了三分。

「游警官，」高組長說：「你把死者形容給他聽聽。」

游警官向張志強說：「屍體今天早上解剖的時候量了一下，是一六〇公分，頭髮過肩，我們在她公寓裡沒有發現純黑色服裝，她的衣服以華麗的顏色為多。」

這下輪到張志強突然興奮起來，照這樣說起來，他漂亮的第一個病人，並沒有死。「我要去認屍！」他說。

「能馬上去嗎？」組長問。

「我要安排一下，才做四天實習醫生，值班每次都請假，有點不好意思。」

話雖如此，張志強還是找到了一起實習婦科的同學請他代班，連其他有關單位的通知也由代班的代辦了，張志強把病歷帶在身邊，匆匆和兩位警官離開門診部的大門，走向院長公室前面的停車場，大家都在細想這驚人的發現，沒有人開口。

高組長開車，出醫院大門，張志強說：「組長，我非常抱歉，我想我把你們的工作耽誤了。」

「倒也沒有。是我認為當然的事，連最基本的認屍工作也忘了。」

「但是病人給的地址那麼詳細，她又有自殺的企圖。」張志強說：「我們趕去的時候公寓裡的人又自殺死了，小便檢驗單又在公寓裡……」

「所以，我們兩個人自然不會去對一對她長得什麼樣子。這不是你的錯誤，我想這是我的過失，我是專門人員，我應該想到的。」組長說。

「假如死的不是我的病人？哪一個才是真的陳雪珠呢？」張志強問。

「陳雪珠這個名字是不是真的尚有問題，現在情形變得有些出人意外，你認完屍之後，我還要好好想一想。」

大家又不出聲。

汽車開進「陳雪珠」停屍醫院的大門。

看到醫院院區裡穿制服的護士和醫生，張志強才發現自己匆匆出來，還穿著工作上裝沒來得及換衣服，穿了制服到別的醫院晃是非常不禮貌的，張志強趕快把白上裝脫下，往汽車椅背一搭，並且把身上的紅領帶取下，放進上裝口袋。

醫院的停屍設備很好，停屍的空間很大，不像以往醫院的太平間都在醫院最僻暗的一角，顯得陰風慘慘的。

這裡停屍的地方是醫院一角的一組大建築。有一個遠遠通大街平時不開的大側門、一個靈車專用的小側門、廣大的停車場；大、小禮堂，以及一切殯儀的設備，還有法醫解剖室、一組組的屍體冰箱和一個很像樣的辦公室。

高組長把車直接開到辦公室的門外。大家進辦公室，張志強一看，這裡的「太平」設備，可比自己醫院好得多，以天上地下比之也不為過，難怪警方要把無名屍體和等待法醫檢驗的屍體都停放在這裡。

停屍房的辦公室很大，兩側有大窗，這時候已開始有西曬，停屍房在太陽照射下，一點恐怖感也沒有。陽光照得到的地方只有圖表資料，兩張辦公桌曬不到太陽。辦公室牆面和一般辦公室相同，並不是白磁磚的，大窗外面什麼樹木也沒有，是一片空曠柏油路面，到晚上路燈一開，即使在晚上工作，也不會有暗處有人偷窺的感覺。

高組長是這裡常客，一進去不必介紹，直接就表明來意，游警官留在辦公室，大概沒有再去看屍體的胃口。管理員帶他們經過另一扇門，來到一個放滿屍體冰箱的大房間。屍體因不同需要而放在不同的冰箱，有點像存放貨品的倉庫。只是淡藍色的磁磚牆配上白色的地板和本色不鏽鋼的一排排冰箱，雖不恐怖，也讓人感到心中一股涼意。甲醛液的味道雖不濃，但薰得人眼睛直想落淚。

等待法醫解剖的屍體是放在頭端和腳端兩面都可以外拉的屍體冰箱。張志強知道，來這裡認屍或來見死者最後一面的人，只要見到臉部就可以，所以是從頭部這邊把抽屜拉開。腳部的門，是開向法醫解剖室的，方便解剖屍體的人看死者腳上綁的名牌或號碼，以免弄錯。

管理員打開不鏽鋼門，拉出放屍體的不鏽鋼擔架，把白布反摺露出死者的臉部。女屍已經被徹底的解剖過，腦子已拿出來化驗了，但是死者的面孔仍被完整地保留。只看一眼，張志強就可以確定死者絕不是他的第一個病人。

定一定神，張志強再看向屍體——變色、僵硬、浮腫的臉孔，令人感到非常不自然。張志強盡量想像死者生前的面貌；她的五官配合得很好，眉毛比自己第一個病人粗黑，臉型較長，所以鼻子也比自己第一個病人長一點，但是兩人的嘴型完全不同。自己第一個病人嘴型俏一點、堅決一點；死者的嘴寬一點，有些含冤莫白的味道。也許是心理作用吧——他想。

無論如何，死者生前也是個漂亮女人。

張志強向高組長無言地搖搖頭。

「我們找個地方坐坐，再研究研究。」高組長說。

三個人又開車到醫院附近一家咖啡店，各人叫了飲料。

「絕對不是同一個人，是嗎？」高組長問。

「絕對不是。」

「好，」高組長說：「我們兩個把這件事前後再對一下，看看有什麼漏洞我們沒注意到的。由我來講，你和游警官發現有不對的地方隨時提出來。」

游警官不愧是個好警官，他馬上拿出記事本和原子筆，似乎是要等組長完全講完才會開口，他是不太插嘴講話的。

高組長說：「目前我們有兩個自稱陳雪珠的女人。為方便起見，我把你的病人稱為『活』陳雪珠，把死者稱為『死』陳雪珠。

「活陳雪珠在大前天，十月一日下午，以陳雪珠的名義，寫羅斯福路公寓的地址，自訴懷孕，要求檢查小便。又說了一些令人誤會她會自殺的話，拿了寫著陽性結果的檢驗單離開醫院，就沒有在鏡頭前再出現過。

「死陳雪珠，據管理員說在半年前訂約、一次付清年房租住進斯福路公寓。沒有身分證、沒有來往信件、不知在哪裡工作，死了也不知道父母家人在哪裡。

「這兩個陳雪珠唯一的關聯，就是那張檢驗單在死陳雪珠家裡。到目前為止，兩位有何高見？」

張志強說：「活陳雪珠懷孕了。她沒有結婚，不好意思用自己的名字來醫院，正好知道死雪珠的姓名和地址，就用了她的姓名和地址。」

游警官說：「那麼檢驗報告單怎麼會在死陳雪珠的公寓裡？」

「可能活陳雪珠去看死陳雪珠，」高組長說：「可能兩個人本來就要好到可以用陳雪珠的名字去驗孕也無所謂，也可能去之前兩個人根本就已經講好了。」

張志強說：「可是，自殺的怎麼反倒是死陳雪珠呢？應該是有孕的活陳雪珠呀！」

高組長和游警官，交換了個張志強看不懂的眼神。

張志強心中的懷疑突然加重起來，他一本正經地問道：「高組長，自從我見你到現在，你從未說過一句她是自殺的。請你告訴我，這個死陳雪珠是自殺，還是他殺？」

高組長看看他，說道：「老弟，我當你是自己人，可以告訴你的，我都會說。現場雖是自殺，但仍有他殺之嫌。前天晚上，你到公寓來的時候，我只有一絲懷疑這件案子不是單純自殺，直到聽你說了懷孕的動機後，我幾乎要用自殺結案了。但是這一絲懷疑始終使我不安，所以案子還是繼續進行，決定等解剖後再說。這一絲懷疑本來也是今天我來找你的主因，我相信你可能還能幫上忙，給我決定性的協助。沒想到突然發生雙胞案的進展，所以又把要你幫忙的事延下了。」

「我能幫你什麼忙呢？」張志強不解地說。

「現在你和這件案子牽涉得太深了，我暫且把要你幫的大忙先賣個關子，等下再告訴你。目前，我先讓你了解為什麼剛才說解剖的結果，加深了他殺的懷疑。

「早上解剖時有大靜脈抽出來的血液，經緊急送檢不但發現血裡有不少的嗎啡量，而且還有致命的巴比妥量。死者血液裡的嗎啡量對一般人來說是太多了，可是對

『老饕』來說正是過癮量，但她血中巴比妥的量無論是否常服安眠藥，都是致死的。換句話說，在打最後一針的時候，死者可能已經昏迷了。」

「是雙重自殺？或是有人要給服安眠藥自殺的人打嗎啡？」

「這件事你別擔心。」組長說：「留待我們來解決好了。我告訴你，是表示我們信任你，把你當自己人看。目前最要緊的有兩件事：

「第一件事是臨時發生的情況，需要你幫忙。第二件事就是先前說的那個要你幫的決定性的大忙。

「先告訴你臨時發生的要你幫忙的事。這件案子一開始，就隱隱牽涉到另外一個女人。照今天我們發現雙胞案看來，這個女人還是重要關係人，我們懷疑有個女人和死者同住一起。目前只有你和林小姐形容得出那個女人的相貌。我希望你和林小姐能形容給我們的繪圖專家，由他畫出人像來。」

「但願我的嘴巴夠好，我想和林小姐合作會有效一點。什麼時候開始？反正今天我是賣給你了。」

高組長說：「另外一件重要事，反正一定要到羅斯福路公寓去辦的，而且一定要天黑才能行動。現在請你先打電話約林小姐，我再請游警官去接她。」他又向游警官說：「你打個電話請大隊派繪圖專家立即去公寓五E支援，再打電話叫當天第一個到案發現場的王警員七點時到公寓報到。這事緊急，要快快辦。」

一切安排妥當之後，高組長吩咐游警官回組裡看看有沒有其他重要的事要處理。游警官一走，高組長把帳單付了錢，對張志強說：「那麼，今天只好再勞你一次駕了。我說嘛，你和這件案子就因為看了一次病，竟越混越脫不了身了。」

# 第十二章　栩栩如生的畫像

下午四點半左右，張志強和高組長又回到公寓，這已經是他第四次到這裡來了。

五E公寓只有李警官一個人在忙。

高組長問：「有沒有人來按門鈴？」

「報告組長，沒有。」

「陳雪珠的背景有最新進展嗎？」

李警官看著張志強。

高組長說：「不要緊，張大夫也算自己人了。我還有很多事要他幫忙呢。」

李警官一下子輕鬆了不少：「多虧張大夫建議集中全力清查東部，組長又指示找陳雪珠、陳『某』珠或陳雪『某』。結果發現那一帶姓陳的竟特別多，有……」

「詳細情況就不要說了，我們有急事要辦，報告結果就可以了。」高組長說。

「是的。」李警官說：「早上向你報告過，一直不合作的陳『休』珠家屬，在派出所員不得已告訴他們陳小姐可能已經死了之後，還是不肯合作。不過，陳『休』珠的弟弟已經答應要陪他媽媽坐夜車來認屍，明早六點半就會到。」

「有點把握嗎？」高組長問。

「陳『休』珠是四十七年十月三十日生，名字又和陳『雪』珠只有一字之差。她十三歲就下落不明，家人也對她的下落諱莫如深。管區去問她父母的時候，他們嚇破了膽。最後我只好建議管區告訴他們陳休珠可能死了。她爸爸一直說他們家人和陳休珠十四年不見了，認屍沒有用，很不合作，所以只好由兒子陪媽媽來認屍。」

「陳『休』珠？」張志強問。

「是的，她是宜蘭縣人。」

「她家人怕什麼呢？」張志強問。

正當大家陷入沉思時，門鈴聲響，監視器螢幕中出現兩個張志強不認識的面孔。

李警官按開了門。不久，兩位便衣上樓。高組長和他們很熟，給張志強介紹，他們是總局支援的人像專家。

高組長辦事效率極好，要求立即開始。大家坐定之後，張志強開始形容他第一個病人的樣貌。張志強說得很仔細，兩位專家問得也很多，過了一些時候，兩位專家開始用透明紙依張志強形容的臉形、眼形、鼻形、唇形等組織起一張人像來，但是透明樣本上現成的髮形都沒有十分合宜的。張志強只好耐心地述說，由兩位專家用畫筆畫。由於他們不慌不忙的態度，使張志強不會怕他們不耐煩，也不用擔心自己嘴笨，但是他們也絕不會提出暗示。

人像完成後，頭髮畫得最傳神，連金黑兩色髮箍也畫了出來。面孔也畫得極像，直直的鼻子、堅決的嘴唇帶一點點必要時會惡作劇的樣子。原來的人像因為張志強覺得畫中的人像太純潔、太無心機，經過兩位專家一再的修改，直到張志強說了「像極了」之後，才拍板定案。

一位專家說：「我們很少見到證人能形容得那麼仔細、那麼合作的，這都是你的功勞。」

高組長說：「另外一位證人馬上會來。這位張大夫看樣子很會形容，乾脆麻煩兩位做件平時不做的工作：由張大夫形容，請你們畫一張這個女人的全身像出來。我相信三天之前這個女人來過這幢房子，可能會有人見過。」

全身的體形沒有透明樣本可套，但是大家很有興趣地工作著。張志強從他第一個病人的大致高度、體重、衣著、皮包式樣，以至姿態、風度，甚至她的內心在揣摩什麼都試著形容，除了一點——張志強怎麼也想不起她鞋子的式樣。其實可能根本沒有看。

修修改改過了半個小時，兩張全身像草圖終於完成，一張是正面的，一張是側面的。半長不短的俏髮，露出一點的脖子，披了一件黑長袖毛衣，裡面是短袖的黑緊身毛衫，有閃閃亮片，及膝裙，高而修長的身材，顯得瀟脫、高貴。腳踝以下就只畫了一些電視上的乾冰效果，更增加了一層神秘感。

此時，游警官也帶了林淑貞逕自開門進來了。游警官和總局支援的人也很熟。

林淑貞一眼看到桌上的三張畫就問張志強道：「照相片畫的，還是照屍體畫的？畫得真像。」

「游警官沒告訴你？」張志強想想不對，加了一句：「其實我打電話給你的時候，就應該告訴你的……」

「什麼？」

「我們的第一個病人沒有死，」張志強告訴她：「不，這樣說也不對，應該說死在公寓裡的不是她，而且她也不住在這公寓裡。」

「你越說我越不明白了。」林淑貞說。

「等一下，林小姐。」高組長說：「你看這張正面像，到底像不像？」

「像極了，和照片差不多。」林淑貞說。

「全身的呢？」高組長特地再把兩張全身像給她看。

「也像極了。」她說。

高組長說：「我認為在這件案子中，全身像可能比面孔的畫像還重要，無論如何，這個女人自醫院出來後，曾經來過這裡，可能沒有換衣服。她這身衣著相當時髦，可能有人對她還會有印象。」

「林小姐，你也見過這個女人，她有穿絲襪嗎？什麼鞋子記得嗎？」

林淑貞事實上非但記得那女人鞋子的式樣，而且連她穿什麼顏色絲襪、鞋跟的高低，甚至鞋頭的裝飾都描述得一清二楚，好像鞋子就穿在自己腳上似的。

專家又用橡皮把畫中的霧氣擦掉，替女人加上腳和鞋。

高組長再小心地問了張、林兩人，確定畫像已不需修改，便親自把兩位專家送到電梯口。高組長回到房間後，看看手錶，問游警官道：「王警員七點會來？」

「說好的沒錯。」游警官說。

「好，時間上安排得很好。」高組長伸手拿起桌上三張畫像，交給游警官繼續吩咐道：「你去影印一下，每種影印六、七份。自己去找吃的，順便帶便當回來給李小姐。我知道有一家牛肉麵館不錯，我帶我們的貴賓去吃牛肉麵，大家七點鐘前一切要就緒，在這裡集合，我還有一件大事要張大夫幫忙。」

游警官把畫像捲成一卷，讓高組長先行。

張志強做個手勢請游警官先行，游警官開門出去後，張志強和林淑貞也在高組長手勢下出了門。

高組長臨出門前，還不忘向單獨留守的李警官吩咐說：「王警員要是來早了，叫他等我。」

# 第十三章　重新推理

車子裡，高組長一面開車，一面在想心事，沒有吭聲。

張志強坐在前座，回頭向坐在後座懲了一肚子問題的林淑貞解釋，告訴林淑貞下午兩點，高組長是因為早上解剖屍體，發現陳雪珠並沒有懷孕，所以來看病歷資料。

「我聽到廣播，要你去院長辦公室。」林淑貞說：「但是怎麼會沒有懷孕呢？」

「因為死的不是陳雪珠……嗯……是陳雪珠，但是不是我們的那個陳雪珠。」

「你越說我越糊塗。」

「我從頭告訴你。」張志強定定神：「你別打岔。」

於是張志強告訴她，因為死的女人沒有懷孕，所以他和高組長又去看病歷，他把放在白上衣口袋中的病歷拿出來，給她看以往手術這一欄。

張志強告訴林淑貞，由於死在公寓裡的女人有開過盲腸的疤痕，所以引起了懷疑，結果發現死在公寓裡的女人，比起他們的第一個病人要矮很多，頭髮長很多，於是他自己去認屍了，發現死者根本不是那天來看門診的小姐。

「那麼死的是什麼人呢？」

「現在好像發現她是宜蘭的陳『休』珠，休息的休。」

「那麼，我們的病人還是『陳雪珠』囉？」

「不是，陳休珠認為她的名字不好才改名陳雪珠，她用這姓名至少已經六個月了，租房子的是她呀。而我們的病人，可能是懷孕了，而冒用了她第一個想起的名字和地址來掛號看病，如此而已。」

高組長不開口，有趣地聽他們討論這筆理不清的帳。

林淑貞右手食指在自己臉頰擺來擺去，似乎明白了，但又更糊塗了。終於，她說：「至少我們的病人和這件事沒有關……不對呀！那陳休珠為什麼要自殺呢？我們的病人才有自殺的動機呀！」

「據我看，高組長認為陳休珠是他殺的。」

高組長繼續開車，不置可否。

林淑貞說：「那和我們的病人無關，她不過偶然借用了一下陳雪珠這個名字看了幾次病，她那種人根本不會殺人，而且湊不上關聯。」

「可是，檢驗報告單在陳休珠公寓的桌子上。」

「怎麼會呢？」

「我現在想……」張志強回憶：「十月一日晚上十一點鐘，我們兩個第一次去公寓的時候——我從門上窺視鏡反看進去，客廳桌子上清清楚楚放著三副咖啡杯，另外還有些零星東西看不清楚，這張檢驗報告單可能就是其中之一。

「檢驗報告單是四點多一點到我們病人手上的。所以四點半到十一點之間，若不是我們病人到過陳休珠的公寓，就是另有原因使檢驗單轉了手。

「這至少有兩個可能。第一，我們的病人和陳休珠很熟，如果能找到我們的病人，陳休珠的事就可以了解很多。第二，我就不太好說了。」

「為什麼？」

「第二個可能，我們病人懷孕了，用陳雪珠的姓名地址來看門診，被陳休珠發現了，當然不高興，兩個人爭爭吵吵，於是，我們的病人就把陳休珠給殺了。」張志強一邊說，一邊試探性地向高組長看去。

高組長懂得張志強的意思，把車靠邊，熄火，向他笑道：「那倒不是，你別為你的病人擔心。目前我只是認為她曾經和陳休珠同住這個公寓，因為怕事，溜了。」

大家出車門，高組長隔了車頂向張志強、林淑貞兩個人說：「你們兩位還是幫了太多忙。」繞過車頭，他把這句話講完：「有了你們幫忙畫出人像，我就可以知道她有沒有在公寓住過，也可以想辦法找到她。」

三人進了麵店，這時客人才上市，老闆和高組長很熟，想來高組長辦案或熬夜的時候，是這裡的常客。高組長只問了他們有沒有不吃牛肉的，就自動替他們叫了牛肉麵，好像這裡就屬牛肉麵最好，又另叫了幾碟小菜。

大家坐定，喝了點水，張志強說：「組長，我不是多嘴，實在有點忍不住，前天你說陳休珠是嗎啡過量死的，今天你又說她是安眠藥過量，到底她怎麼死的？」

高組長說：「一部分資料尚在檢驗中，明天會知道得更多。你們是醫生、護士，我想你們一定見過不少死亡的案子，也唸過心理學，現在反正閒著，我們來談談案情。

「我和你說過，現場情況任誰都會認為是自殺，或自己不小心致死的。「死者仰臥在整齊的床罩上，衣服整齊，是可以見客人的家居服，而不是睡衣。腳上兩隻拖鞋都在，這一點本是可疑的，哪有穿拖鞋上床的。但是從她的躺姿來看，死者應該原本打算倒下來打嗎啡，打完了馬上要起來的，因為死者頭倒在床中三分之一上，小腿在床沿上，當然不必脫拖鞋，甚至房門也半開的。」

張志強點點頭，但急急拿出記事本和原子筆，記下一個記號。高組長知道他不願在這時插嘴，而把問題記下免得忘了，也點頭讚許，自己繼續說下去：

「死者左手肘彎靜脈處有一個新鮮針孔，由於針拔出後沒有壓一段時間，所以尚有局部皮下出血。右手小臂一半露在床外，地上掉了支裝過嗎啡的空針，床腳處地下也有敏那水的空瓶、嗎啡紙包，一切都顯示了打針後死去的現象。

「不過死者穿的是短袖衣服，兩個肘彎都沒有其他針孔，後來我在她的鼠蹊部發現針孔累累，少說也數得出六、七十個新舊針疤，還有很多新舊皮下出血，紫的新痕，和黃的舊痕都有。

「我當時第一個反應是，她從來不打手肘部靜脈，因為她怕被人發現，但這一次為什麼打手肘的靜脈呢？」

張志強想想說：「因為她決心自殺了，不在乎了。」

「很好，我也是這麼想。」高組長說：「但是馬上就發生另外一個疑問：嗎啡小盤出售一包的份量，往往只夠作一次靜注，像她那種老癮，平時一包的份量可能連過癮都嫌不夠，怎麼會只用一包去自殺？」

「也許沒有藥了。」

高組長說：「那就不是自殺，是過癮，如果要解癮她就不會往手上打。」過了一下，又加一句：「再說，死者的皮包裡還有藥，抽屜裡另有存貨。」

「包裝紙和地上的相同嗎？」張志強問。

「這問題很好，沒想到你很有推理能力。」組長說：「經濟能力尚可的癮君子，一定要有好幾條毒品來源，以免斷貨或是被小盤控制。死者的來源不少，存貨中有好幾種不同的包裝紙。這張留在現場的包裝紙和其他存貨的包裝紙和摺疊方法都不同。但是絕不能說她是在試打新貨的時候出了意外，因為她這次是打在手上，除非她決心自殺了，否則沒有理由打手上。」

「會不會她決心自殺了，去買一包份量特別多的來專做自殺之用？」

高組長笑笑說：「家裡的存貨要留到下輩子再自殺嗎？拼湊幾包自殺不是一樣的？」

張志強自己也覺得這句話問得幼稚。

「你當時怎麼想？」

「這種想法只是閃過，但是『自殺』的說法先入為主，最先到場的王警員就是告訴我們有人自殺了，所以沒去深究。後來清查身分的事又轉移了我太多的注意力。事件一開始，本來尚有一絲疑問的，突然你們兩位出現，提供了『自殺』的動機，也證實了她有『自殺』的可能。所以我耽誤了一下。直到今天早上解剖，和下午發現雙胞案，我才對她是『被殺的』又重新加強意念了。」

「要是別人給她強打靜脈針，可不容易呀。」張志強說。

「你忘了下午我曾告訴你，她身體裡有足夠的安眠藥，當時她睡著了。」

張志強想想，看看在筆記本上的記號，說道：「你剛才說，死者仰臥在床上，一切都指向打完針就要起來的，甚至連房門也沒有關？」

「是的。」

「那麼她是用靠走廊的一間臥房作自己臥室的？」

「是的。」

「沒有窗的那間？」

「是的。」

「現成有一間有窗的，為什麼不當作臥室，而要用沒有窗的為臥室呢？」張志強問。

「很好，很好。」高組長說：「你智力真高。還有些發現我不便說，如果我認為那一間有窗的房間是用來出租的，理由充足嗎？」

張志強說：「組長，我要說一句自認為十分十分重要的話了。我曾從窺視鏡中反看過，那間臥室裡面沒有開燈，既然沒有開燈，又沒有窗，怎麼能自己打靜脈？」

「這倒不一定，對這一點，我現在不能告訴你，不過，我覺得你可以兼差來幹刑警了。」高組長大笑。

牛肉麵送來，大家無聲地吃著，各懷心事。

張志強說：「組長，我有個感覺，這公寓臥室很小。我又想，陳休珠臥室用的是雙人床，床的四邊有幾邊靠牆呢？」

「兩邊靠牆。床頭板靠走廊一面，人只能一側上下。」

「假如是別人給她打針，應該打右手呀。」

「你又對了。」高組長說：「除非……」

「除非……打針的人爬到床裡面，不過那樣床單會亂。」張志強說。

「還有別的可能，還只是理論，要到明天早上才能查證。」

大家已無心吃麵，草草結束了一餐，也沒人在乎牛肉麵美味與否。

高組長說：「你那麼關心、好奇。我帶你去看看現場。」

張志強連聲說好，林淑貞表示不想看，高組長自管走到櫃 付帳。回來的時候，他向兩人說：「我是另有要事要張大夫幫忙，也許林小姐也能使上力，不過五分鐘就行。林小姐不必看現場，只要陪李小姐聊五分鐘就送你們兩位回家。」

# 第十四章　各種可能的假設

三個人到公寓時，管區的王警員已經在等候，游警官正和他聊天。王警員已五十出頭，穿了便裝，可能是已經下班，也或許是穿制服來這裡太刺眼了。無論自他黑黑瘦瘦的個子，或是臉上的皺紋表情，都看得出他是個奉公守法、做事小心謹慎的公務員。

高組長給大家介紹，並把情況解釋給王警員聽。

大家坐定。正在廚房吃便當的李警官匆匆整理一下，過來坐在林淑貞旁。

高組長開口，雖是向大家說話，但臉是向張志強的：「張大夫，今天下午一直向你賣關子，說有件事要你幫忙，但又不告訴你是什麼。剛才在吃飯的時候，有兩個問題談到緊要地方，我沒滿意地回答你，相信你悶了半天了。

「我實在有我的考慮，因為我在請你幫這個忙之前，不希望你有心理負擔，影響了你的決定。」

張志強點點頭，全神貫注地看著他。

組長說下去：「在還沒請你幫這個忙之前，我要先請教你幾個問題。」

張志強又點點頭。

「你第一次晚上來這裡的時候，是晚上十一點鐘過後？」

「是的。」

「你說陳休珠家客廳燈是亮著的？」

「是的。」

「你怎麼知道？」

「我從窺視鏡裡倒看進去的。這公寓門上的窺視鏡是最便宜的那種，幾乎是雙向的。」

「是的。」高組長說：「那天送你們兩位回家後，我不放心，又回到這裡來，我也向裡面倒看進去，和你說的一模一樣。」

張志強點點頭，心裡在想高組長到底一天睡幾個小時。不過他了解，換了自己職責在身，也會如此做的。

「你看到什麼？」高組長客氣地問，又補充：「請你盡可能說說看。」

「一張和這裡相同的茶色厚塑膠玻璃咖啡桌。」志強半閉眼睛，努力回憶，他繼續道：「右側是和這裡一樣的一張白皮長沙發，左側是和這裡一樣的兩張白皮沙發矮凳……」

「桌子上呢？」組長問。

「桌子上有三個咖啡杯，每個咖啡杯下都有盤子。我看不到有沒有小茶匙，也沒注意。桌子上有些零星的東西，當時沒注意、也看不出來是什麼，現在想起來，檢驗報告顏色很淡，長長一條，應該是放置在桌子靠窗那頭……我看到和這房裡相同的白抽屜矮櫃，櫃上靠右角有點擺設——記不起什麼東西——還有電視機。」

「電視機是開著？還是關著？」高組長問。

「絕對是關著的。」

「電燈呢？」

「……我看不到天花板上的電燈，但燈光十分亮，事實上，我當初曾懷疑，這麼亮的燈光，不可能是主人出門時忘記關掉的。」

「還看到什麼？」

「廚房。」

「除了廚房呢？」

「左面牆上兩個門。」

「門怎麼樣？」

「從門的位置，我可以知道左面兩個房間是相同大小，所以兩間都是臥室。」張志強一面回憶一面說：「靠街的臥室有窗，我當然認為人會睡那一間。但那一間門是全關的。當時我擔心主人會在裡面。後來我非常後悔沒能轉到羅斯福路去看看裡面燈是否開著。不過第二天，向你說過的同學的二姐、二姐夫曾在下午兩點鐘，從羅斯福路特別觀察過這房間，那時候裡面沒有燈光。」

「另一扇門呢？」

「另一扇門我看得很清楚，是開一條縫的。」

「多大一條縫？」

「門假如有九十度可開，那門大概打開了三分之一——三十度左右。不過，組長……這個窺視鏡有魚眼作用，經過變形後，我不能保證是開多少度。」

「假如我在裡面擺各種角度，你在外面透過窺視鏡看，你能說出當天門開的大小嗎？」

「我有把握。」

「你說這間臥室裡沒開燈？」

「絕對沒有，我看了又看，仔細決定，絕對沒開燈。」

「外面客廳燈光那麼亮，臥室裡要是有小小的燈光，看起來不就像沒有開燈嗎？」

「除非是晚上用的最小床頭燈泡……」張志強慢慢想著說：「而且還要不是紅色的，才會看不到。客廳燈光極強，我看了這房間才明白，你看，六只六十燭光的燈泡，可以用三只照明，也可以六個全開，如果六燈全開，是三百六十燭光幾乎半直接的照明。能源浪費很大。」

「你還沒說明為什麼認為臥室裡沒燈光？」

張志強整理一下思緒，他說：「當時只是一看再看，判定裡面沒有開燈，沒去研究原因，經你一問，我現在知道為什麼那時覺得裡面沒開燈的原因了。有那麼強的客廳燈光從上面照下來，照在斜開的門上，門的上面有一條斜三角形的陰影，那條陰影是全黑的，假如房裡有燈，那個三角形陰影裡就會另外有半陰影出現。」

高組長說：「我現在真相信你的智商是高的。我慎重請問你一件事，你有把握記起這扇門開得有多大嗎？」

張志強想了一想，有把握地說：「絕對的。」

「好極了，」高組長說：「我要你幫忙的就是這件事，剛才其他問題只是看你記憶力如何而已。

「林小姐，你那天有沒有從鏡孔裡向裡望？」

「沒有。」林淑貞回答。

「那麼你就不必過去了。」高組長說：「王先生和我們兩個人過去。游警官，我本來要請你拿畫像到附近問問的，現在我另有更優先的事要你辦，你在這裡等一下。

訪問的事可能等一下託管區協助。」

打開抽屜，高組長拿出一把鑰匙，帶張志強和王警員離開房間。

王警員依指示在走道當中站著，萬一有外人來他可以應付一下。其他兩個人走到陳休珠的五Ｂ公寓。

高組長和張志強互相約好辦法。

高組長開門，一個人進去，把客廳燈打開，再將公寓門關上，公寓裡兩個臥室門都是關著的，高組長把靠走廊側臥室的門打開十度，一條門縫出現，臥室裡是暗的，客廳裡的強光照進房間，照到床的外側，他把自己退到門外窺視鏡看不到的地方，就向門上敲一下，問門外在窺視鏡裡向內望的張志強如何？

張志強在外面聽到組長敲門，也向房門敲了一下，表示門開得不夠大。

組長在裡面又把門開大十度，再退回門邊，張志強仍覺不夠。直到門開到三十度左右的時候，張志強滿意了，在門上打了兩下。

高組長接著又在裡面把門全開，再十度十度往回關，關到三十度門縫的時候，張志強也滿意了。

高組長很滿意，因為自關向開，和自開向關，最後張志強認可的位置都是三十度。

高組長把臥室門開在三十度位置之後，自己走出來，自窺視鏡看看。又進去，把臥室燈打開，再出來看看，很滿意。最後他把臥室燈關上，客廳燈開著，請王警員進來，叫王警員站進客廳再看看。

「王先生，」他說：「你看，這是張大夫認為門縫的大小。你滿意嗎？」

「組長，」王警員說：「那天我進來很小心。外面很亮，因為不知道房間裡會有什麼狀況，所以一面大聲問有人嗎，一面用手指尖推門，推門之前，我還特意看過門縫有多大。我看的大概也是如此。我也擺給你看過，這位張大夫沒有錯。」

組長把客廳燈關了，門鎖上，大家回五E臨時工作站。張志強始終沒有機會踩進陳休珠的客廳，更別說想看看曾經出事的閨房了。

在五E房裡，高組長請大家坐了，首先向王警員道：「王先生，不是我不相信你才找個人來對照一下。

「大前天我來的時候，所有人都受了房裡有人自殺先入為主想法的影響，而且房裡沒有一點他殺的現象。當時那臥室門已開成直角，客廳燈光照入臥室，所以臥室床上很亮，亮到可以自己靜脈注射。而人要自殺，也不會在乎平日的習慣，打針都肯打手肘了，光線馬虎點也不在乎了。

「但是，我後來發現，這扇臥室門要是開成三十度，亮光只可以清楚看到床上人右手肘處的靜脈，卻看不清左手肘處靜脈。依死者躺在床上的位置，臥室的門要開成四十五度，才看得到自己左手的靜脈。那一天你雖然給我擺了一個本來的位置，然自殺的可能太明顯了。我只是嘀咕一下而已。後來我們的工作重點集中在找出死者身分，才把這一點查證耽擱了一下。

「但是，今天早上局勢開始急轉直下，首先是發現死者沒有懷孕，接著是大靜脈存血發現有嗎啡，也有巴比妥反應，緊急定量檢查發現死者血內這兩種東西的量對一般人言都足以致命，我們知道死者生前曾有兩個訪客，他們喝剩的咖啡也有送檢，但都是常規性的，早上解剖結果出來之後，我們緊急去催報告，發現其中一杯有大量巴比妥的成分。」

大家很靜，都在聽組長說這種令人想不到的變化。

高組長又嘆口氣道：「我也犯了一個錯。一個大都市裡，一個醉生夢死、使用毒品的風塵女郎自殺就自殺，何必為了一點點小疑問——只有這扇門開的大小……何況我來的時候，已經無法查究了——而動用大批人力、物力呢。

「當初常規性的來了照相、指紋專家，已經很對得起她了。早年的話，管區看一下、法醫驗一下，查不到家屬，還不是埋了。」

游警官也有惑而發：「總是一條命，雖然我相信她從來沒有付過稅。」

李警官說：「明天極有可能就知道她身世了。我們這件案子已經驚動全省的戶警，和宜蘭已電話聯絡不下近百次，我有把握死者就是『陳休珠』。」

「是又怎麼樣？」高組長說：「發還處理不是我們的目的，十四年不見面，能幫我們破案嗎？」

王警員第一次發問：「組長，我們派出所還能做什麼嗎？」

「噢，是的。」高組長說：「我要重新佈置，我們第一階段的認屍工作，明天上午可能結束，李小姐首功。第二階段我們要有更明顯的證據，證明她是被殺的。單憑這扇門開的大小，即使是兩個人事後的回憶還是不夠的。」

「還能找到更有力的證據嗎？從哪裡找？」張志強問。

「也許證據本來就在，只是我們太肯定她是自殺了，所以忽略了。」高組長說：「有關的人大部分都在這裡，我腦子中有一個想法，但具體化不起來，你們坐好，我來問問題，大家研究一下。」

大家聽了高組長的話，都振作了精神，等他發問。

高組長說：「她──我們暫時叫她陳休珠。」

「陳休珠死亡時間我們很清楚。她是十月一日天黑後死的，因為客廳裡已經開燈。她是十月一日晚上十一時以前死的，因為林小姐寫了張字條放在她信箱裡，她沒取到。第二天法醫驗屍說她死了不到二十小時，大致吻合。

「晚上八時到十一時，正是她們這一行最黃金的時段，平日這時她一定不在家。就像現在公寓是死的一樣。十月一日她為什麼在家？我們知道……

「她是在等兩位客人。

「這兩個客人是陳休珠事先約好的，否則兩人絕對碰不到陳休珠。

「一開始，我也知道她才見過兩位訪客。當時我認為訪客走了，她自殺了，或是訪客告訴她什麼不好消息，她自殺了。

「屍體發現後沒幾個小時，張大夫和林小姐來，他們說她懷孕了，我更堅信她是自殺。所以我們沒把重點指向這兩個客人。」

大家點頭，認為這是難免的錯失。

高組長又慢慢分析道：

「今天的變化使我確信，這是件謀殺案。因為是謀殺案，所以最後見到死者的人就成為重要關鍵了。何況現在已經知道三杯咖啡中有一杯有安眠藥。

「這兩個客人，不是突然來訪的初見人，這大家明白原因。

「兩個客人不像是跟她從工作地方回家的，因為其中有一位是女人。」

林淑貞問：「為什麼知道有一位是女人？」

李警官代答道：「三個咖啡杯中，兩個有口紅印。」

高組長只當她們沒打岔。瞇著眼道：

「這件案子中另外只出現過一個女人，這個女人認識陳休珠……不對，應該說認識自稱陳雪珠的陳休珠。這個女人下午才拿到的醫院檢驗報告，傍晚出現在陳休珠桌上。這個女人可能是兩個客人中的一個。」

「我們的病人？」林淑貞問。

張志強點點頭。

高組長停下來不說話，仔細在思索。

頓時一片沉默。

林淑貞伸手抓住張志強的手。

張志強發現，只要有人聽組長「第一」、「第二」的說，組長會想得更周到，於是打破沉寂說：「男的又是什麼人？」

「男的嘛……」組長說：「可能是孩子的爸爸。」

「如此說來，」張志強說：「我的病人發現有孕了，以陳雪珠名義檢查，拿了證明，找了男朋友來這裡談判。他們說什麼呢？」

「你太主觀了。」組長說：「我必須把思想放寬一點，否則又會走進死巷裡去。我甚至還沒有認定那個女客人就是你的病人，但是如果能找到你的病人，一定可以知道很多事情。所以我們當今的要務之一就是找你的病人。」

「怎麼找呢？」張志強問。

「我們有了很像她的畫像，這就不困難了。」組長說：「她應該是常來這裡的，我甚至還疑心她分租過那一間有窗的臥室。可惜這種公寓一家不管別家事，相對兩公寓一個月難得見一次面。對面五A公寓那小姐說過，最近三個月有兩次見到另一個女人進出五B，可能就是她。

「我要王警員把畫像拿去，請管區警員立刻出動，以這裡為中心，從對面藥房、小店、水果攤一直問出去。這麼漂亮的小姐他們會記得的。假如她住過這裡，她也許會向對面藥房買婦女用品……當然不一定。但是如果她在對面藥房買過婦女用品的話，她就一定是住過這裡的了。

「我還要王警員去問管理員，管理員已經說過，不知道陳雪珠公寓有沒有分租出去，但是他經常坐在隔壁那幢公寓門廳裡，見了這畫像，應該會想起這個人的。

「住在這個公寓裡的女生，由李警官明天上午再請個女警支援，一戶一戶問。不過本樓的住戶，李警官你要今晚盡可能在她們回家時問她們。

「人是一定找得到的。我們可以拿了畫像到可能的地方去問。有必要的話，發通告、上報紙、上電視、出獎金，還會找不出她來嗎？但願不必如此才好。」

王警員說：「那麼我現在就可以出動了。」

「你多帶幾份畫像去，留原稿和一份影印稿在這裡就可以了。明天早上九點打電話到分局報告結果。我可能明天下午二點要召開個會報——還沒決定，明天再聯絡，你先把時間空出來。」

「是的。」王警員拿了畫像，向每個人打招呼，離開公寓，開始行動。

游警官問：「組長，你剛才說要我去辦什麼事？」

高組長說：「我剛才說過了，我們必須要有更積極的證據，證明陳休珠是被謀殺的。」

「我們有嗎？」游警官問。

高組長說：「我倒想到一件，可能是存在的證據。」

大家看向高組長。

高組長說：「游警官，我來出狀況，你來找答案。狀況一：三個人喝咖啡，一個人的咖啡杯裡有大量的安眠藥，事後這個人死了，胃裡有大量安眠藥，有什麼可能？」

游警官說：「第一，另外兩個人或兩人其中之一，想毒死死者；第二，另外有第四個人想毒死死者：第三，第四個人想毒死三個人中另外一個人，但死者誤喝了這杯咖啡。當然有第四個可能，那就是本來這三個人中有一個人想毒死其中一個人，但自己或另一個人誤喝了這杯咖啡。」

張志強說：「還有第五個可能，死者自己要自殺。因為巴比妥是很苦的。假如組長所稱剩餘的咖啡中有大量巴比妥的話，死者怎麼說也會察覺咖啡有異常的苦味。」

大家看向張志強。

林淑貞問：「她又沒懷孕，為什麼要自殺？」

張志強說：「現在不是討論動機，只是組長出了個狀況。我們只研究這個狀況的可能性有哪些。」

大家點頭。

「有理，有理。」高組長說：「給你們一說，我幾乎找不出第六種可能。但是張大夫說死者應該會發現咖啡的苦味這件事，我必須特別記住。因為咖啡杯外一點灑出來的痕跡都沒有，而且杯上口紅印很整齊，死者口紅也沒有零亂，可見死者不是被強灌咖啡的。」

大家點頭。

「情況二，」組長說：「咖啡是客人來的時候一起喝的。主人經咖啡喝下了大量安眠藥，但卻被發現在自己臥室裡正在靜脈注射嗎啡時死了，假如沒有其他已知資料，有什麼可能？」

游警官說：「第一，死者決心自殺，像張大夫所想，在咖啡中加了很多巴比妥，自己喝下，但是客人走了，自己還不死，倒在床上，注射嗎啡，這下真死了。」

林淑貞這下學乖了。在張志強耳根上低低說：「死人是有癮的，這個量死不了呀。」

張志強也湊在她耳邊說：「組長說過，假設沒有其他已知資料。他是在訓練部下，也在幫助自己思考。」

游警官還在繼續說：「第二，死者決心自殺，喝下了有巴比妥的咖啡，有點睏，但是想在死前再過一次嗎啡癮，針才打完，巴比妥藥性發作，針掉到地上，睡過去死了。」

林淑貞點頭，慶幸自己剛才沒冒失問出來。

其他人也點頭。

「第三個可能……」游警官說：「有人給死者下了藥，客人走了，死者有點睏，以為是癮頭來了。倒在床上過癮，結果安眠藥性發作……但是……這不可能，因為這樣的話，死者絕對不會打肘部。」

「對極了。」高組長讚許地說。

「第三個可能……客人中的一個給她下的安眠藥，談到一半，她覺得睏了，告退一下，進房去打針，原本打算馬上就回客廳的，所以拖鞋也沒脫，結果睡過去了，兩個客人等她不出來，叫她也不應，推門一看，她已過去了。兩個人就溜走了。」

「想像力很高。」高組長說：「不過像死者這種多年的老毒癮，她分辨得出怎樣是癮來了。所以死者絕不會把安眠藥發作混淆為是毒癮發作的。」

「好，我同意，我再來想。」游警官說：「第三個可能……兩個客人給死者下毒，死者因為有心事不察，把咖啡喝下去了，兩位客人走了。死者正準備去上班，但是已經有點睏了，因為她血裡巴比妥含量很高，她要過一個嗎啡癮再去上班，她倒在床上打嗎啡，巴比妥發作，她睡著接著死過去了，她是死於巴比妥，不是死於嗎啡，所以是被謀殺的。」

「好極了，好極了。」高組長說：「還有什麼可能？」

「……」游警官說：「我……想不出了。」

高組長轉向其他人，其他人都很佩服游警官，都想不出第四個可能。

高組長說：「我們現在歸納一下大家公認的三個可能：第一，死者決心自殺，因為巴比妥未生效，加注嗎啡：第二，死者決心自殺，死前要過次癮；第三，別人給她下的安眠藥，她不知道，準備過癮去上班。

「請你們看我們的死者：她是毒癮很大很大的人，她一定知道，一劑嗎啡殺不死她，所以第一個推理不可能。

「再說，她毒癮雖大，但只要不是自殺，絕不會向手肘上打針，所以第三個推理說她臨上班過個癮這一點也要推翻。」

「於是乎剛才我們所有理論只剩第二個尚還勉強。那就是，死者決心自殺，喝下巴比妥含量很高的咖啡，有點睏，但是又想過次癮，才會不在乎針孔留在手上。過完癮，正好巴比妥發作，她睡過去了，死了。」

「這是剛才大家公認的，對嗎？」

大家點頭。

「現在，」組長說：「我們再加一個因素進去。照死者睡在床上的位置，以及她房門開的大小，屍體頭部以下左面的斜半側是非常暗的。我認為死者不可能看得到靜脈為自己注射。那剩下來什麼結果？」

游警官說：「那就一切自殺的可能都沒有了。因為現場的情況是她拔出針頭後，人就過去了，右手向外一攤，空針落地，這正是每個自己注射嗎啡過度人的死法。」

張志強說：「我沒見過現場。想像中這最後一支嗎啡，假如是別人給她施打，而在施打過程中，她死了，幫她施打的人怕事，佈置成自己注射的話，也該施打她右手才方便，因為若是注射左手靜脈，人要爬到床上去。其實照你說，房裡沒有開燈，別人打她的右手靜脈也不方便，因為打針者的身體會遮住客廳進來的光線，一定要開燈才行。」

游警官說：「我懂組長在想什麼可能了。除了門開的大小外，一切的推理都指向床上死的人不可能自己再打針，甚至不可能有人在房裡給她打針，組長是說……」

「移屍！」李警官脫出口道。

「是的，」組長說：「我剛才用各種方法證明現場門開的寬度後，房裡的光線應該就和當日是相同的，我才決定這是件移屍案。有人移屍，把現場佈置成自殺，差一點得逞。」

「組長，」游警官說：「目前只有推理呀，有辦法證明嗎？」

「我想到一個可能性，這就是為什麼我把你留下的理由。」組長說：「你今晚要開夜車。」

「做什麼？」

「這件工作要先知道原理才有趣。」組長說：「陳休珠在客廳招待一男一女喝咖啡，自願或非自願地喝下了大量巴比妥，她沒有自己打針，別人也沒有幫她在房裡打針。所以是別人給她在客廳打了一針，並且把死了或昏迷了的她抬進臥室，向床上一放，沒敢再向上拖，並且把死者的右手放在床外，把針筒放在垂下來的右手下。把敏那水空瓶、瓶上鋸下的玻璃瓶頭、心形紅褐色鋸瓶片和包藥紙都拋在床腳那面的地上。看起來是坐在床腳側對藥水，倒下來注射，不小心死了……」

「有了，」游警官說：「我只要找個人幫忙，用有濾紙的小吸塵機把床尾地毯裡的灰塵吸出來，用顯微鏡檢查，如果沒有瓶口鋸下的玻璃屑，也沒有心形鋸刀落下的金剛砂屑，那麼移屍的根據就有了。」

大家都點頭，張志強更佩服，自己雖是醫生，卻沒想到鋸安瓿會落下極細玻璃屑。

組長問：「萬一有很多很多顯微鏡才見得到的玻璃屑呢？」

這一下把游警官問住了，他想一想明白了，他說：「這表示移屍的人知道死者每次都在床尾那頭鋸敏那水，如果真是如此，他就贏了我們了。」

「贏我們倒未必。」組長說：「檢查陳休珠存貨的時候，她有好幾種不同地下廠的敏那水，有好幾把不鏽鋼的鋸瓶刀，但我沒有見到心形紅砂做的那一種，她喜歡鋼質的，即使她常在床尾配藥，有可能根本未用過心型的紅砂鋸刀。

「萬一你在床尾吸出很多很多玻璃屑，我要你極用心、耐心的找，如果玻璃屑中完全沒有心形鋸刀上落下來的金剛砂，這也是一種證據。

「事後，你還可以用心形鋸刀做次試驗，鋸一個安瓿，看看會落下多少玻璃屑和金剛砂來。」

大家又點頭。

組長繼續說：「我要你把床尾分幾個區，一區一區吸塵，拿到顯微鏡下檢查、做記錄，再把床的右邊地下分區檢查。另外，最重要的是把客廳分區吸塵、檢查。特別注意長沙發和茶桌之間的區域。我相信在那一區會發現少量玻璃屑，和心型鋸刀上落下來的金剛砂屑。」

游警官說：「完全懂了。陳休珠空腹喝了有藥的咖啡，倒在長沙發上，頭正好向門的那側，有人就在原地給她打嗎啡。」

「正是如此。」組長說：「我相信在美國，他們還有辦法證明這種玻璃屑，是否和臥室裡敏那安瓿同一質料，說起刑事檢驗，我們經費仍嫌不足，人才也該多方羅致。」

游警官現在對組長交給他的任務完全明白了。他說：「運氣好的話，我們這位陳休珠從不在客廳玩這種把戲，混藥都是在床的側面——這是極可能的——而我們在床的尾部地下找不到玻璃屑，但是在客廳長沙發和桌子之間地上，找到了玻璃屑和金剛砂，那就『賓果』了。」

林淑貞說：「把她抱進來的人，為什麼把這些東西拋床尾地下，不拋在床側地下呢？」

李警官說：「教官說過，人做事都有個人的習慣。就拿我們單身的人如果一個人住一個公寓來說，他吃飯不會輪流飯桌四面坐的。搬動陳休珠的人，一定自己也有毒癮，他的習慣是在床尾配藥。說不定這是條線索，還可以用來捉他呢？」

大家都覺得她說得很有道理。

高組長看看時間不早了，分配工作道：「游警官，這件事交給你了，你要什麼人幫忙，你自己去找，通宵想辦法完成。」

「李小姐，你可以好好睡一晚。我相信陳休珠保護自己身分很嚴密，不會有人來看她了。我明晨六點接你，一起去接陳休珠的媽媽和弟弟。你去招呼她認屍會好一點。我走之後，你聯絡局裡明天一早派人來這裡，把通訊設備帶回去。叫他們要把每件東西歸回原位，這個站關閉了。」

「明天下午兩點鐘在分局裡我要召開會報，我要游警官明天上午通知自殺專線帶錄音帶來，再通知王警官。你——李小姐也要來。我自己聯絡大隊，請他們派個人來，這是謀殺案，說不定將來要請求支援的，不向他們報備不好，會議由游警官明天準備好了。」

工作分配完畢，高組長向張志強說：「我知道你很忙，但是正如我說過，你牽進去很深了。你的病人是我們一定要找到的人，但只有你和林小姐見過。明天下午兩點鐘，我希望你能到分局刑事組來，我們開會你聽聽也好。」

張志強心裡雖然還嘀咕明天下午的門診，想著自己實習工作才開始就請那麼多假，但是嘴裡卻說：「一定一定，一定到。」

高組長向他笑笑：「我又只好做你們的司機了，你的工作服和領帶都在我車上。我們先去拷貝一下病歷，然後我再送你們回去。」

# 第十五章　警察的專案會報

（七十四年十月五日　D加四日）

十月十五日，星期六，下午一點四十五分，請了假的張志強來到分局，忙得昏頭轉向的游警官把他放在一間有人在辦公的辦公室一角，說好兩點鐘再來接他開會。

過了十多分鐘，游警官匆匆進來，帶他去會場。會議室不大，會議桌像乒乓球桌大小，上面鋪著豬肝色的布。最上面有三個座位，中間和左邊坐著穿制服的警官，張志強不認識。右側是高組長。這時候三人正湊近著在討論，張志強進去他們也沒介紹，多半都知道他是什麼人了。游警官把他帶到高組長左手直的一行，最前面坐下。游警官自己坐他左邊的座位，第四位是李警官，李警官還是穿制服，這一行只有五個人，除了李警官外，都是便服。

對面一行也是五個人，王警員坐最後，穿制服，其他四人都著便服。面對三個人的牆上，是活動的黑板，此刻上面用粉筆寫著：

一〇〇一陳休珠他殺

——專案會報——

張志強看得出黑板是可以推開換螢幕的。

桌子上每人前面一堆資料，包括公寓平面圖、五B現場平面圖、陳雪珠名字的門診病歷首頁、小便檢驗報告單、公寓租約……

高組長開口說：「副大院長、分局長，今天開陳休珠他殺案專案會報，目的是要大家研究一下進行的方向和工作分配，這件案子因為很戲劇化，談論得已經很多，所以報告決定盡量簡單。

「今天有兩位大家不認識，我介紹一下，這位是張志強大夫，他在案子中幫了我們不少忙，也是唯一見過那位神秘女郎的人。」大家出聲笑了一笑，場面輕鬆了不少。

「另外左面第二位是自殺專線──『九五九五』的邱老師。」

「現在先請李警官報告死者身分的確認。」

李警官站起來說：

「死者住在案發現場半年，但是公寓裡沒有身分證、沒有大家都有的圖章，死者也沒有報流動戶口，沒有信件、沒有親友電話本，只有房租合約一份，用的名字是陳雪珠。

「找死者身分固然困難，但是在各方努力和很多人幫忙下，終於指向在宜蘭縣的陳休珠身上。

「今天早上陳休珠的親生母親來認過屍。她咬定說陳休珠十三歲離家，十四年內沒有和家人聯絡過。但是憑陳休珠六歲時左耳背後久治不癒的一個膿包的疤，以及十二歲盲腸炎手術的疤和背後多毛、左肩胛旁有個毛旋，陳休珠的媽媽確定死者是她女兒陳休珠。

「陳休珠怎麼會變陳雪珠，她媽媽不知道。也許她認為『休珠』名字不雅，自己改的。

「陳休珠十三歲國小畢業，功課很好。跟親舅舅叫『阿廖仔』的到台北來做工，從此沒有消息，這是她媽媽的說法，陳休珠也從沒有匯錢回去過。我們問她媽媽為什麼不追問舅舅，她媽媽不肯講，而且很怕。陳休珠舅舅『阿廖仔』據說在數年前因肝硬化死了，尚在求證中。

「陳休珠的指紋已查過，沒有前科。」

高組長點點頭，李警官坐下。

高組長說：「游警官，你報告一下，本案為什麼判定為他殺。」

游警官站起來說：「死者胃裡有足夠致死的巴比妥劑量。現場像是自己注射嗎啡時死亡。

「死者有嗎啡癮，每次過癮都在鼠蹊部靜脈注射，這一次則是注射肘部靜脈。

「臥房裡沒有開燈，客廳燈光很強，照進去的光線，死者看不到左手靜脈。

「最重要的是床尾地毯上有空敏那安瓿，安瓿瓶尖和心形安瓿鋸，但是一粒微細的玻璃屑或鋸子上落下的金鋼砂也沒有。而在客廳裡，所有地方都沒有玻璃屑，只有長沙發和咖啡桌中間空地上兩種微細的屑都找到了。」

有人把一個八倍和十六倍的雙目顯微鏡拿來給副大隊長看，鏡台上放著一張濾紙，濾紙上有一樣大的圓形蓋玻片。

大家討論了一陣子。

高組長等大家靜下來，向王警員示意，王警員拿出老花眼鏡戴上，看著準備好的筆記本報告屍體發現經過。

## 王警員的報告

王警員說，管區派出所是么洞洞么十四點三十五分接到邱老師電話，五分鐘後他趕到公寓。發現現場除邱老師外，另有一位女老師和管理員。邱老師說他接到電話求助說五B可能有人自殺，但他進不去。他建議用消防雲梯或自上面吊繩窗子進去。但是王警員認為這方法太刺眼了，如果消息不確，擾民太多，事實上也沒非如此做的理由，所以王警員召來了特約開鎖匠，公寓門打開的時候是三點二十七分。

王警員說他叫其他人留在門外，他一個人進去，一面大叫，一面打開關著的房門，裡面沒有人。

他又向開著一條縫的房門看一下，由於外面有日光，又有燈光，實在太亮，他眼睛不能適應，所以沒能看清。

他用手指把門推開，讓客廳光線照進去，於是他看到了陳休珠。

他沒有進去摸陳休珠脈搏。

「我老花眼，」王警官說：「遠的東西我看起來清楚得很，我看到她左手上臂內側已經有明顯的深色屍斑。」

他退到門口，把彈簧鎖的鎖舌扣住，防止門再鎖住，接著他叫鎖匠回去，不要亂開口，後來他叫管理員把空著的五E公寓打開，再把女老師送走，請邱老師在五E休息等候詢問。並且從五E聯絡派出所請人來維持現場，同時他也向分局報案，請刑警和法醫到現場，然後他自己端了張椅子，坐在五E房門口和管理員聊天，一面看住電梯和樓梯。

「直到分局的人都來了，」王警員說：「公寓裡沒有一個人知道五樓出事了。」

大家點頭，張志強很佩服老警員的豐富經驗。

游警官繼續站起來報告，他說分局是三點半接到報案的，因為正好是上班時間，當天又正好忙完一件事，大家正輕鬆著，雖然是自殺案，但是一切還是按常規辦，組長讓游警官帶了指紋人員先去看看，自己在辦公室聯絡義務法醫，準備接了義務法醫一起去現場。

但是因為先到現場的指紋人員發現了一些不尋常的現象，所以連組長帶了法醫到場後，也要等指紋人員工作完成後才能勘驗屍體。

## 指紋專家的發現

坐在游警官左側的分局刑事組指紋專家，他說當天他跟游警官一到現場，先看了一眼屍體，就開始工作。他第一個先查咖啡桌，因為它最容易留下可辨指紋，而且上面有三杯咖啡，顯見主人正在招待客人。

但是卻發現咖啡桌玻璃上一個指紋也沒有。於是他在咖啡杯上刷粉觀察，發現桌子靠臥房側的兩只咖啡杯都沒有指紋。其中一個咖啡杯內緣有依稀可辨的玫瑰色口紅印，剩了大半杯咖啡，另一只咖啡杯則剩幾西西咖啡，兩只杯子完全沒有指紋。靠沙發側的咖啡杯，杯子內外緣都有深紅色口紅印，指紋也十分模糊。

他抬頭一看，一個空調通風口幾乎垂直在咖啡桌上方，此刻已沒有冷氣，但不斷咻咻地在放新鮮空氣進來。空調出口向窗方向不到兩呎，一個極短的吊燈自不高的天花板垂下，上面有六個六十燭光燈泡呈六角形放射。是不是這個原因使房間裡空氣乾燥，天氣又已經轉涼了，所以指紋不能留久呢？當然也可能是有人拭抹過了，但這是自殺案件呀。於是他擴大範圍，發現客廳裡包括電視機、沒用過放在電視機旁的菸灰缸、假皮沙發和平整的矮櫃面、抽屜表面，都沒有指紋。

廚房裡更奇怪，吊櫃上、煤氣爐上、碗碟、洗槽、刀柄，甚至小冰箱門上、調味品容器上，一律像是有人仔細擦拭過，都沒有指紋。只有電熱水瓶的壓蓋上有些模糊但也不足採用的指紋，所以廚房裡採證工作不到五分鐘就完工了。

接下來靠窗的臥室就更簡單了。這裡有一張雙人床、固定的化妝台、衣櫃，傢俱簡單，才一試擦銀粉就知道了，要不是這裡太乾燥根本留不住指紋，就是有人仔細抹拭過。然而乾燥卻不能解釋兩個臥室相連的小浴廁長時間濕氣浸潤，卻同樣沒有指紋。於是指紋專家決心在查完後，故意留幾個自己的指紋在桌子上，看看十二小時會不會消失。

開始查屍體所在的房間，發現就不同了，這裡留下的指紋都十分清楚，是不是這一間沒有窗的關係，沒人知道。

在這時候，高組長帶了義務法醫來，他們討論了客廳、廚房、有窗臥室完全沒有指紋，而陳屍臥室指紋卻保留完整的疑問。當時大家都相信是因為乾燥讓指紋保留不到十多小時。而且假如是客人要消除自己曾經在場的證據，也不必抹拭廚房用具和空的臥室。

高組長決定再等幾分鐘，等陳屍臥房指紋採取完畢，再看屍體。

結果發現臥室裡除了死者的指紋外，根本沒有別人的指紋。

分局長問指紋專家道：「指紋的事，你們現在有解釋了沒有？」

「現在有更合理的想法了。我留了幾個試驗指紋在桌子、廚房和臥室裡，經過二十四小時後，還是相當清楚，所以我們推想指紋應該是有人故意擦掉的。」

分局長說：「如果這是件謀殺案，兇手不見得去過廚房，為什麼連廚房用具上的一切指紋都要消除？」

高組長回答了分局長的疑問：「這件案子裡，一直有個神秘女郎，現在我們知道這位女郎曾經住在那間有窗的臥室三個月，而三個喝咖啡的人當中，有兩個是女人，神秘女郎是出事當天才離開，她當然要把留在廚房及自己臥室的指紋消除掉。」

高組長繼續說：「義務法醫今天沒有來，我來代他報告。死者陳屍狀況，大家已經看過照片，床罩沒取下，床單整齊，沒有半點掙扎的跡象。從屍體沒有屍臭，而且屍斑雖已明顯形成，可是用手指去壓還可以褪色的情況，法醫推定死亡時間是十六到二十小時之間，也就是十月一日下午八時至十二時之間。

「這時間大概沒有錯，除了我們有位證人在當日十一時從窺視鏡反看進客廳，已經見到三個咖啡杯。而當時三個人在臥室的可能性不高，所以我們可以把陳休珠死亡時間定為么洞洞么，下午八時至十一時。」

## 法醫解剖的情形

張志強正對面穿便衣的原來是法醫，他報告了屍體解剖情況。他說初步的屍體解剖報告大家可以看到，所以只報告重點。組織切片檢查目前因為沒有利用冰凍切片的必要，所以最快要五天之後，才能用顯微鏡來看。如果有特別發現，他會隨時用電話通知，否則詳細報告要十一、二天之後才能送達。

法醫表示，屍體送進冰箱之前是由義務法醫驗的屍，他見到屍體是在十月四日上午，所以對於屍體死亡日子的判斷他無法協助，他只能自胃內殘留物的狀況給刑警定出死亡的參考「時間」。

他表示在解剖之前，他已經知道死者是個「癮君子」，平時都從鼠蹊卵圓孔大隱靜脈作嗎啡靜注，最後一次是左肘頭靜脈注射。

他表示有人告訴他死者已經懷孕，而且有一張台大醫院小便檢驗報告單，所以解剖時他決定把這一點列為重點。

在對死者做身高體重等一般外形特徵檢查時，他發現死者左耳後顳骨乳突外表的皮膚上有兩個大疤痕，可能是小時候化膿性膿瘍或乳突炎引起的——事後證實是乳突炎引起的。疤痕影響到髮線的整齊，這也許是死者留長髮的原因。在一面解剖，一面口述的錄音帶裡，法醫對疤痕描述得很仔細，因為他聽說死者身分待查。

法醫又說胸腔打開的時候，他先從上腔靜脈裡抽了十五西西的未凝固血液，送去做毒品定性檢查，結果意外發現除了嗎啡之外，吸收光譜上還有巴比妥在血液裡，所以立即請協助人做定量檢查。定量檢查很費時間，在屍體檢查結束的時候才知道，血液裡嗎啡的量對一般人說是危險的，但對「老饕」來言，不算什麼。但是血液裡巴比妥的含量，無論對有無安眠藥癮的人，都已經超過一般致命量的幾倍了。

法醫說胃裡是空的，完全沒有食物，連咖啡也沒有，他解釋這是因為稀薄的液體在胃中本來就不逗留，尤其空腹的時侯。他研判病人在四小時內沒有進食過。這一點對本案而言並沒有多大幫忙。但他指出在這種空胃情況下，那麼多粉狀五烷基巴比妥進胃後，病人應該在二十五分鐘到三十分鐘內進入昏迷狀態。

他又說胃腸沒有裝藥品的膠囊殘留物存在，因此他推斷安眠藥是咖啡裡喝進去的。

肚皮上像闌尾切除的疤痕，經解剖證實確是闌尾切除，法醫看不出闌尾是幾歲的時候切除的，但是闌尾切除後，剩下的根，並沒有做「袋形包埋」。法醫指出，在五十年代時，本省的醫生都不敢不做袋形包埋，這種省時又省力的方法到民國五十七、八年才開始普遍，所以相信死者的闌尾是在十歲以後切除的。

他又說因為死者不斷自己靜脈注射，所以兩側下肢和骨盆內靜脈叢已經有血栓性靜脈炎的現象，他又說心臟有沒有心內膜炎要組織切片才能知道。

出乎意外的是死者沒有懷孕，而且她裝有子宮環，不可能懷孕。這個發現後來使得案情做了一百八十度的急轉彎。

高組長對會議中準備報告些什麼、用什麼方式報告最為省時是研究過的。他向李警官示意，李警官站起來，報告有關神秘女郎的情況。

## 管區警員的訪查

李警官說十月二日她奉令守在五E公寓裡，目的是要和本樓其他住戶談談五B的住客，這任務最後只有下列結論：

一、沒有人知道她姓甚名誰，以何維生，在哪裡上班。

二、她們偶然遇上，都只互相點頭，彼此從不曾問三問四。

三、沒有人見過她帶異性朋友進門。

四、最近有人見過兩次神秘女郎在五B出入。十月四日（實際上是十月五日清晨）又經畫像指認，確定是畫像上的女郎。

五、沒人和神秘女郎交談過。

高組長繼續請王警員發言。

王警員說：「我在十月二日等分局人來的時候，曾和管理員聊得很多。我問他五B有些什麼客人，他根本什麼都不知道。每月要繳交的管理費、水電費，他都是填好通知單，塞在各家信箱裡，住戶出門或回家的時候，會繳到他位在隔壁公寓的櫃檯上。他自己每天下午清掃一次走道、電梯玄關和樓梯。垃圾每家自己裝好垃圾袋，丟到一樓電梯後面，歸他處理。所以他沒事絕對見不到住戶的面。」

王警員表示昨天他拿到神秘女郎的畫像，他自己去拜訪附近商店和管理員，且請另一位管區去較外圍的地方查問。發現：

一、管理員說這個女人他絕對常見，他甚至可以確定是公寓大廈裡某一戶分租的住戶。奇怪的是，她的上班時間和公寓裡其他小姐不同，她每次都是八點一過就出門，回來時間他不清楚，有時早，有時晚。由於管理員根本懶得去了解住戶，所以他知道的僅此而已。

二、對面藥房也常見這位小姐出入公寓大門，老闆估計她來不到三個月，她喜歡黑色，早出早歸。藥房的老闆娘很喜歡講話，對她很注意。老闆娘說她風雨無阻，八點十分一定離開公寓，偶爾會早回來，但多半是晚上六點後回來。從來沒有男女朋友一同出入過，也沒有叫過計程車，也不坐計程車回來，這和這幢公寓裡的女人比起來，是奇怪的事。

三、她曾在藥房買過一次婦女用品，老闆娘說這一帶的女人都喜歡用內用的，她偏要外用的，每次老闆娘推介她內用的，她只是笑笑還是要她慣用的。老闆娘問很多話，她也懶得回。老闆娘沒得要領。

四、老闆和老闆娘沒見到她是如何遷進來的。但是知道她在十月一日下午八點半左右，在門口攔了一輛計程車，請司機上樓，幫她拿了一個大旅行箱、一個中旅行箱，她自己拿個大手提袋、化妝箱、皮包，上車走了。事後就再也沒見過她。載她離開的計程車只知是紅色的，駕駛很年輕，大概不到三十，女郎的行李是高級品，都是深秋海棠色的箱子和化妝箱。

五、比較遠一點地方的商店，有幾家似乎見過這個畫像裡的女人，但沒有特別發現。

王警員報告完了，看看沒有人發問，就坐了下來。

這時會議室有人端來了十多紙杯的熱咖啡和幾碟西點，放在會議桌尾部。

高組長說：「我們休息十分鐘，大家用點咖啡，自由研究一下案情。十分鐘後再繼續會議。我們希望四點半的時候，各位都能離開這裡回家。」

大家紛紛離座，張志強知道，在會議裡他們是不會提倪家羣的姐夫匿名向自殺專線電話報案的事，也不會提自己「亂闖瞎闖」闖進他們佈下關卡的事了。不過他相信，在座每一位都知道了。會報不過是個過門，真正目的是在休息後的決定進行方針和工作分配。

無論如何，張志強還是非常感激在會議裡，沒有人提自己十月二日晚上的糗事。

# 第十六章　神秘女郎

休息的時候，分局長和副大隊長特別起身，向張志強在這件案子中的合作致謝。張志強不好意思地表示，因為他的出現，差點誤導警方的偵查方向。但是分局長一再說這件案子要不是張志強和倪家二姐夫熱心，屍體不知道什麼時候才會被發現，到時也許什麼線索都沒有了。

張志強也和邱老師正式見了面，張志強特別代倪家二姐夫向邱老師道了歉，邱老師也覺得二姐夫做得沒有錯。他認為今日社會多數人吝於付出關懷，往往對門而居，卻形同陌路，昔日守望相助的人情味已不多見了。

李警官過來向張志強打招呼。

張志強問：「你見到陳休珠的媽媽了？」

「見到了。」

「回去了？」

「還沒有。」

「屍體會發回給他們？」張志強問。

「她媽媽傷心得不得了，但就是吞吞吐吐，不肯講實話。」李警官說：「屍體發交給他們，他們怎麼辦？怕是我們要貼點錢，這裡辦了。」

「陳家的人會不會認識我那個病人？」張志強問。

「什麼意思？」李小姐反問。

「我只是剛才突然想起。大家認為我的病人曾經在公寓裡和陳休珠同住兩、三個月，說不定她是陳休珠的親戚朋友來投靠她的，也許陳休珠的媽媽會認識。」

「好主意，」李小姐說：「陳休珠的媽媽不說，陳休珠的弟弟會說。可惜他不知道內情，否則他早就說了。」

張志強也特地去和法醫打招呼，以老前輩稱呼他，張志強對剛才法醫有層次的分析、專業而權威的判斷十分心慕。法醫知道他是醫生，便向他強調法醫在今日一切講求科學求證時代，在刑事方面的重要性，他對於今日很少有醫學院畢業的同學肯走這條路非常感慨，聽得張志強幾乎要拜他為師。

大家聊了一陣，高組長宣佈休息結束，會議重新開始。

高組長低聲徵得其他兩位主席同意後，站起來先發言：

「我們組裡，依據所有的證據歸納認為：

「一、有一個神秘女郎曾經共同負擔或分租五B公寓，和陳休珠住在一起將近三個月，在發當天，死者死亡前或死亡後，匆匆離開現場，不知去向。

「二、死者陳休珠十三歲和舅父離家，十四年後顯然是個混得不錯的風塵女郎，但沒有身分證，而且對自己身分很小心，怕別人知道，又沒前科，顯然是怕黑社會追蹤，也許和黑道人物有瓜葛。

「三、死者生前在招待兩位客人，其中一位是女性，這位女性有可能是『神秘女郎』，假如是的話，他們討論的事很可能和桌上的檢驗單有關。如此，另一個男性就可能是三角問題的男主角。

「四、客人中至少有一位是癮君子，隨身帶有注射器及『粉』。

「五、死者被下毒，或被強迫服下有巴比妥的咖啡，昏倒在沙發上。兩位客人中的一位，要加速她死亡，或是要做成死者注射嗎啡自殺，給她注射嗎啡。但是事後發現屍體在客廳裡很容易會被發現，所以移屍房內，又佈置成自殺，混人耳目，企圖推遲屍體被發現的時間。

「六、但『神秘女郎』曾用陳雪珠的名義去看門診，才陰錯陽差的讓屍體在二十四小時內被發現，可以說是人算不如天算。

高組長繼續說道：「我們組裡對這件案子進行的方法，也有計畫。

「第一、神秘女郎即或與兇案無關，至少對陳休珠的情況也了解得比我們多。極可能從她那裡得知陳休珠工作的地方，進而了解殺害陳休珠的兇手及動機。所以，找到神秘女郎是當前最迫切的任務。

「我們組裡認為，如果有大隊支援的話，我們有把握在三到七天內找到『神秘女郎』。

「首先，我們今天晚上開始，就請警察廣播電台，在很多計程車司機常聽的節目裡廣播，請案發當天載神秘女郎離去的司機和我們聯絡。

「其次，我們把畫像、事實，做成海報，張貼到每個駕駛休息的司機俱樂部去。最後：派人守住大台北市每一個加油站，凡看到駕駛福特紅色計程車的年輕駕駛，一律給他一張神秘女郎畫像的海報。

「第二：（組長加重一些語氣）我們對陳休珠的認識，不能單靠找神秘女郎。我們仍要查出她的底細來。

「首先，我們知道她舅舅『阿廖仔』一定是個混混。我們要先找他十四年前的戶籍，查他前科，知道他當初靠什麼維生、是哪條道上的，去找認識他的人，可以知道當年他把陳休珠帶出來幹什麼。是不是把陳休珠賣掉了，賣給什麼人？陳休珠媽媽是不是拿錢了？陳休珠和她家人有沒有受到恐嚇或控制？

「其次，陳休珠把自己改名為陳雪珠，雪珠可能就是她的藝名。我們要請熟悉這一道的線民，多多注意各條線，有沒有一個叫雪珠的曾活動過，又突然失蹤了。

「另外，陳休珠父、母親對這件案子雖然不知情，但是對當初『阿廖仔』把他們女兒帶出來後，如何處理的事，是一定知道的。如果能知道十四年前陳休珠進了哪裡，循線追起來就容易多了。所以要用各種方法追問。利用陳休珠不知情的弟弟，請他說服他父母，可能也是一條好路。

「這些就是我們組裡的判斷和預備進行的方式，」高組長結論道：「不知各位貴賓還有沒有更好的建議？」

與會者都很滿意高組長的辦法，搖搖頭表示沒有建議。

最後，高組長請兩位長官發言。

分局長站起來說：「我同意高組長『找神秘女郎和追陳休珠背景』，雙管齊下的方式。我也同意高組長所估計，少則三天，多則七日，會找到神秘女郎離開時搭乘的計程車——除非她有警覺，中途換車。所以找的時候要說明有中途換車的可能。那女郎提了那麼多而且特別的行李，我相信她跑不了的。只要是佈下天羅地網，找到是遲早之事。

「陳休珠家人不肯把真相告訴我們，我們還可以請宜蘭當局找出他們家族的長輩曉以大義，告訴他們十四年之前即使有人口買賣行為，現在也早已超過追訴時效了，也許他們就敢講了。」

副大隊長站起來說：

「一般案子要是發生在死者的住家，死者的身分很容易就查清楚了。但是這件案子，死者在這裡住了半年，却差點連真實姓名都查不出，可能是死者有意隱瞞身分，這也是本案異於其他案子的特色，不能不列為研究因素和教材。

「我同意找到神祕女郎之後，可以知道百分之七、八十案情的要點，但是她目前只是證人，絕不是嫌犯，所以我們的人只能拿畫像影印本去向計程車駕駛打聽，並請電台廣播，目前還不宜用畫像做海報分發和張貼。否則萬一落到認識女郎的人手中，將會損及她的名譽。

「我還要建議，大家不能消除死者確是自殺的可能性。就拿各位已經確知的事實，我還是可以毫不勉強的推理出死者確是自殺的事實來，不知各位同不同意。」

副大隊長停了一下，要大家體味他說的話，他看到現場有人真的有一點不大相信或不太服氣的表情。

副大隊長繼續說：

「你們說神秘女郎是朝九晚五的上班族。她分租了陳休珠公寓三個月，她懷孕了，去醫院求證，醫院要她填資料，她全都如實填寫，只有姓名一項，她不願填自己的姓名，而填了她第一個想到的名字，就是陳雪珠。這是很自然的。

「你們又說陳休珠在死亡之前曾招待兩位客人，一位是女的，女的可能是那位神秘女郎，談論的事可能就是神秘女郎腹中的孩子，那個男的可能本來是陳休珠的男朋友——雖說是快了一點，但原則上是絕對可能的。

「談判的結果並不理想——這種事反正不會理想的——男客人先走了，神秘女郎也無心再住下去了，收拾自己的東西，在八點半也離開了，她沒有再回來過，也不知後來的變化。

「一個人在家的陳休珠本來就對人生絕望，現在生趣也沒了，因此把自己所有安眠藥膠囊打開，將藥粉倒入沒喝多少的咖啡中，空膠囊拿到套房浴室沖走了，最後一口氣把有藥的咖啡喝了，在等藥性發作的時候，她突然想要過最後一次嗎啡癮。

「所以她坐在床尾的床沿，自己配藥，玻璃屑落在裙上或是床單上——我相信這兩個地方你們沒有查——她倒在床上打針，打完針，意態闌珊地任由空針自手上向床沿外落下。

「就在這個時候，她想起了男朋友是不能曝光的。男朋友雖然已經變心，但是，風塵中的女郎反而有真情。想想自己死了之後，警察可能會查她房中的指紋，也許她知道自己男友是有前科的。

「所以，她起身，把廚房、客廳，還有另一臥房的指紋都擦掉，後來藥性發作，她睏了，來不及擦自己房間和浴室，她就開門回房——開成三十度的房門已夠她進去了——倒在床上，靜候死神的光臨。

「各位，你們可以指出我的說法的破綻嗎？」他坐下來，客氣地等候挑戰。

高組長下巴落下了一公分，細細地研究，他說：「有理，沒有破綻，非但解釋了廚房裡一切用具上沒有指印的大怪事，也解釋了咖啡太苦，不可能受騙，和門縫大小的問題；而且幫我解釋了一件久在我心中沒說出的疑問。

「像這樣擺設的一個公寓。有兩個客人來的話，主人理應把長沙發讓兩個客人坐。但是我們的主人一人獨坐長沙發，兩個客人當然是有求於她或是不受歡迎的。」

游警官昨晚忙了一晚，突然他找的所謂強力證據落空了，他向高組長說：「但是客廳沙發旁有玻璃屑呀。」

高組長說：「我們不能證明是當晚留下的呀，陳休珠住在那裡六個月，這段時間中的任何一天都有可能在沙發旁留下玻璃屑。甚至當天也可能是陳休珠自己在客廳配藥，最後決定拿進房去注射，只要她是自己從床尾睡向床上，那麼把在手上的藥瓶、藥紙拋在床尾是極有可能的。」

副大隊長站起來說：「我沒有說事情一定就是這樣發生的，我只是舉一個例子，要大家不要忘了自殺的可能性和找尋證人時，寧願慢一點，也不要破壞了證人的隱私。尤其是懷孕的事，千萬不要宣揚。

「要大隊幫助的地方，可以請求支援。」

# 第十七章 租房廣告

張志強從分局出來，一個人在馬路上已經逛了十多分鐘。腦海中思潮起伏。這一週來他有時惋惜，有時緊張，時而恐懼，時而高興，所經歷的真比看場偵探片還要過癮得多。

陳休珠的自殺，在社會中，就像是大海裡的一個小氣泡，根本起不了漣漪，也許登在報上都不會有人注意。要不是自己誤打誤撞，屍體還不知何時才會被發現，而他的闖入可能反而使陳休珠不能大出一次鋒頭了。可憐人被謀殺了不算新聞，要靠陳屍公寓二十多天才能轟動——轟動的是陳屍臥房，不是人死了。

張志強很佩服高組長，這件事他本可以自殺結案的，但他執著於自身的職責，只為了一扇門多開、少開三十度的關係。將來結論不論是自殺或他殺，高組長總是無愧於心了。

他也非常欣賞今日與會的各專家，他們都站在自己的崗位上，默默貢獻自己的聰明才智。社會文明之所以能夠進步，大概就是因為這一類人在社會上佔有相當比例吧，但是社會文明進步太快，也多多少少讓人類在不知不覺中失落了一些什麼，而不能自知。

突然他想起這一週來，自己跟了潮流在轉，反而把正常工作放下了，一想到這裡，他不禁又惶恐又揪愴。

心中一愁，他又想起了倪家羣請他住到他家裡，原本是想使倪家熱鬧一點，甚至讓倪老伯脫離所謂「心理性的輪椅」，沒想到一週來給他們全家帶來的只有擔心。

想著想著，不覺已走到了賣滷味的店，張志強心念一動，打個電話給倪家的管家老胡，說自己會帶點醬肘子、滷肚子、燻魚、豬耳朵等下酒小菜回來，請他向倪伯父說一聲。

他又打電話約了林淑貞，說會接她去倪家，又叫她就近在醫院裡找倪家羣，一起等他。

只有四個人吃飯，又都是冷的滷菜喝酒，老胡把他們安置在客廳咖啡桌上用餐。倪家父子、張志強、林淑貞，四人各據一方。唯有在這種情況，倪老先生才不得不放棄輪椅坐到沙發上。咖啡桌上放滿了各式燒的、滷的、醬的菜碟，老胡告訴他們另有熱湯。

妮老先生看看菜，又瞧瞧喝酒的人，決定來點五加皮，可以喝喝聊聊，反正自己人也不必乾杯。

倪老先生說：「小強，我還以為你們都在上班，怎麼會去買吃的呢？」

倪家羣說：「爸爸，你忘了嗎？中午我對你說過，張志強下午要去分局，刑警開會請他也去聽聽。」

「喔，沒錯。」倪老先生說：「小強，我聽家羣說你的病人陳雪珠沒有死，怎麼回事？」

「不是陳雪珠沒有死，」張志強說：「是一個宜蘭來的陳休珠，以陳雪珠的名字租了個公寓，是她死了。

「我的病人，來看病的時候可能是分租了陳休珠的一間臥房，但是冒用了她的名字，因此完全是我自作多情，誤以為死的是來看病的小姐，提供了警方這人有自殺的企圖，好在後來發現死者沒有懷孕，才發現死者和我說的小姐根本不是同一個人，我覺得很糗。要不是警方弄清楚了，差一點還涉嫌呢。」

「現在沒關係了吧？」倪老先生問。

「沒關係了，警方對我們的合作十分滿意，而且還向我們道謝呢！」

「那就好。那麼你的病人呢？」老先生問。

張志強說：「我的病人本來和死者分租一間公寓，案發時她在場，案後她似乎把指紋都消滅，匆匆溜了。警方本來把她列為兇嫌，現在至少也是把她當成重要關係人。」

倪老先生說：「那不是應了西洋俗語說：『才從煎鍋裡爬出來，又掉進火裡去了』。你給我們仔細說說，這兩天，聽家羣說得語焉不詳，正想問問你呢。」

家羣和淑貞也急著想知道張志強下午開會的結果。

張志強一面請他們多吃菜，一面原原本本把今天下午開會的情況告訴他們，最後張志強說：「警方現在的第一要務，是找到我們的病人。據警方估計，早則三天，遲則七天，一定找得到。他們已經佈下了天羅地網。」

「他們用什麼方法找？」老先生問。

「我正準備說下去呢！他們要請警察廣播電台廣播。」張志強說：「有幾個節目是計程車司機都要聽的，他們會在節目中，請那天載到我們病人的那位司機主動聯絡。

「他們還拿了畫像，在每一個加油站放一個人，凡是遇到開福特紅色計程車的年輕駕駛進來加油都問一下。」

「這一招效力不大，地下礦油行那麼多，計程車加油有多少百分比是用加油站的油，真該有人統計一下。」倪老先生叨唸著。

「他們還有第三招。」張志強說：「他們打算印通報到計程車駕駛俱樂部張貼，不過上級反對，怕損害她的名譽。」

林淑貞說：「真可怕，要是有人拿我的照片做成通報，我不要活了。」

「警察不錯呀，」家羣說：「很懂得保護老百姓。」

「但是，」張志強說：「萬一第一、第二個方法沒有結果，他們還是會用最後一招的。」

倪老先生拿了一小杯五加皮，停在嘴邊，沉思著不講話，突然他開口：「除非她自己先出來說明。」

「也許她不知道警方在找她呀。」倪家羣說：「依小強的說法，警方最先認為她和兇案有關，在案發後擦掉指紋溜了，如果真是如此，她絕不會自己出面。後來警方推理，她和女主人弄僵了，決定離開，那麼她就有可能不知道後來的事，更不知道警方正在找她。」

「所以你們該在警方找到她之前，找到她，通知她。」倪老先生說。

「有這個可能嗎？」張志強說。

「這是不可能的呀！」家羣說。

倪老先生說：「多想想看，我突然有個想法，也許有點希望。」

「快說！爸爸。」倪家羣說。

「好，我說，」倪老先生說：「不過我要從一位創作非常多偵探小說的名人，所說的一句名言來作開始。

「長篇偵探小說，世界上只有兩個人寫得最多。一個是英國的阿嘉莎，克莉絲蒂，一個是美國的厄爾，史丹利，賈德諾，就是梅森律師探案的創造者，他也用另一筆名創造了柯白莎和賴唐諾兩個私家偵探。

「賈德諾曾經藉著賴唐諾這位個子極小，腦子極好的私家偵探之口，說出他的心聲。他說：『大家千萬別小看警察的能力，單獨一個警察也許比不過傑出罪犯的聰明，但是警察是全市、全國一體的，利用現代完美的設備，加上其團結力，要找一個人或迫一個人出面，沒有不成功的。』這句話你們覺得如何？」

「就是呀。」林淑貞說：「高組長也說過，這只是優先度的問題。」

倪家羣說：「那麼我們更沒有在警察之前，找到小強病人的可能了。」

「也不見得。」倪老伯說：「那位偵探小說家又藉賴唐諾之口說：『但是唯其因為警察很迷信於自己的力量，他們要找人，總是一上來就佈下天羅地網。長時間內，他一定可以發揮作用，找到他們要找的人。可是你用你的腦子，仔細想這個人可能去哪裡，在時間上往往可以比警方先一步找到這個人。』這樣說你們懂了嗎？」

「我懂了。」張志強：「警察為了確保效率，一上手都立即用天羅地網的找人方式。誰也不願只作一、兩個地方的假想，最後被人糗他自作聰明。但是私家偵探經費、人力都不足，習慣於做最可能的估計，所以往往在時效上可能快了一步。並不是說真比警察能幹。」

「完全正確。」倪老先生說：「所以我覺得我們現在已經有很多資料了，大家一面吃，我一面來發問題，我們來想想，要是我們自己是這位病人，會去哪裡。」

大家點頭，倪老先生自己也吃點菜。

他問：「小強覺得她是個正經女人，是嗎？」

「是的。」

「公寓附近的人和你們都認為她是上班族，是嗎？」

「是的。」

「那麼，她分租公寓房間，為的是一個人上班方便，是嗎？」

「是的。」

「你為上班方便，住在一個公寓的分租房間裡，突然因故住不下去了，你會去哪裡？」

「回老家，找媽媽去。」林淑貞說。

「不行，她第二天一早要上班。」張志強說。

「找個同學、女朋友，能住她家的。」林淑貞說。

倪老先生說：「不太像，她要是有同學、女朋友家可以住，就不會住在那一類公寓了。」

「也許住一晚，第二天再想辦法。」林淑貞說。

「那麼，她不會把行李都帶去，她會找到房子以後，再回去搬行李。」倪老先生說。

「住旅社。」倪家羣說。

林淑貞反對：「要是我，就不敢。」

「有了！」倪家羣說：「帶了行李，當然是又租到房子了。如果不出門要知道哪裡有房子出租……有了，報紙……電話……」他很興奮。

倪老先生點點頭。

張志強也興奮起來：「民族晚報，二姐夫說她們信箱裡有民族晚報！」

「老胡！」倪家羣一面向廚房走，一面喊：「老胡，幫個忙，十月……一日的民族晚報，把它找出來。」

過不了多久，家羣回到客廳，手裡已把十月一日的民族晚報翻到分類廣告了。

「平時從不注意，」他說：「有那麼多房子要出租呀，這裡有五、六十個廣告呢。」

「縮小範圍，只要查單房分租的，有電話聯絡的，而且地點要和原來她住的公寓相近，也許是在同一條公車線上，市區以外的列為次要，用筆畫出來。」倪老先生也興致勃勃了。

倪家羣開始工作，張志強在旁幫他忙。

「這六家最有可能，完全符合爸爸說的條件，我來試打電話。該怎麼說？」家羣說。

「就說你要分租房間，若是房子還沒租出去的，就可刪除。」倪老先生說：「已經出租的試著問是什麼時候租出去的，租給什麼樣的人。」

「這恐怕不容易。」倪家羣說。

「也許讓女生打會好一點。」倪老先生說。

大家同意。

倪家羣把咖啡桌清出一小塊位置，順手把電話拿過來放在桌上，把報紙摺成方便的大小，交給林淑貞，自己指著報上第一個選中的廣告，把話筒交給林淑貞，自己替她撥號。

林淑貞把話筒稍微離開耳朵，使大家都可以聽到。

「喂？」對方說。

「對不起，」林淑貞說：「你們有房間分租？不知道……」

「四千元一個月，」對方說：「不可以開伙，不可以帶朋友回家……」

「你們有幾間要租？」

「只有一間，要看房間要快，已經……」

林淑貞把電話掛上：「不是這一家。」

大家點頭。

倪家羣試撥第二家。

「哪一位？」對方說。

「對不起，」林淑貞向電話說：「你們有登報……」

「太晚了，昨天租出去了。」對方把電話掛了。

林淑貞說：「也不是這一家，昨天才租出去的。」

大家點點頭。

倪家羣繼續撥第三家。

「喂？」對方說。

「對不起，」林淑貞說：「你們有房間……」

「隔了這麼多天才打來，怎麼還會有呢？」對方說：「當天就租出去了。」

「對不起，」林淑貞急著道：「請不要掛電話，我……我從沒分租過房間，想……打聽一下現在房間大概要多少錢才能分租得到。」

「那不一定呀。」對方說：「看設備，看地點，我這裡房子雖然舊一點，但地點太方便了，到哪裡上班都方便。晚報只登了一天，當晚就租出去了，三千五一個月。而且對方連房間都沒看，在電話裡就說定了，一定是貪我這裡交通方便。當然，租金也便宜了一點。」

「謝了，」林淑貞說：「嗯……不知房客搬進來沒有？要是還沒有，我可以多出一點房租……」

「那還用說，」對方說：「講好之後不到一個小時就搬進來了。」

在一旁的張志強作勢叫林淑貞掛電話，免得問得多了，對方起疑。

倪家羣也全部聽到了。

林淑貞趕快道謝，就把電話掛了。

倪老先生坐在沙發上，也聽到了六、七成。他說：「家羣，把分類廣告唸給我聽。」

家羣拿過報紙唸道：

「分租，泰順街十八巷二十五之二號，臥房一，限女，正當職，無炊。交便，電……」

倪老先生說：「小強，你的第一個病人大概就住這個地址了。」

林淑貞問：「現在我們怎麼辦？」

「理論上說來，應該立即通知高組長。」倪老先生說。

「但是，這件事中，我閒事管太多了。」張志強說：「萬一不對，就糗大了。」

倪家羣也說：「警察知道了免不了又要會同管區，說不定全副武裝的去找她。倒不如小強和淑貞再去走一次，如果真的是她，再告訴她警方在找她。」

「原則上是最好不要驚動她，星期一早上八點鐘到那門口去等，確定是她，再由高組長去找她。」倪老先生說：「但是，照小強形容高組長那麼精明，他在星期一上班的時候，要是佈下的天羅地網中，沒有她的倩影，他就會坐下來，重新研究，到時，也會想到她另外租房子的可能。」

「現在去？」林淑貞問。

「倒也不必那麼急。」倪老先生說：「小強臉紅了，喝了酒去找她不好。你們明天上午去找她好了。還是用服務的名義，但一切見機行事，記住，『誠實是上策』。」

倪家羣說：「那好極了。今晚都是下酒菜，我們就陪爸爸好好的喝點慢酒，明天你們再去做你們的『龍鳳雙探』。」

# 第十八章 意想不到的訪客

（七十四年十月六日 D加五日）

泰順街十八巷二十五號是早期的公寓。從建成開始恐怕已經有近三十年的歷史了。兩扇紅漆的大門關著，右面一扇大門上，開了一個供行人進出的小門，現在連門都沒有了。

一進門就是樓梯，樓梯間裡放了摩托車和腳踏車。

張志強和林淑貞在上午八點多一點爬上樓梯。這裡每樓只有一戶人家，每戶門口都陳置著雜亂的鞋子。樓梯轉角空氣雖然相當流通，但是給鞋子一放，總覺得好像空氣中有異味似的。

三樓的門口鞋子亂七八糟，不過以小孩的為多，並沒有一雙像樣的女鞋在裡面。

張志強想，也許是她的鞋子都太好了，放在外面不放心吧。

張志強按電鈴。

門裡一陣吵鬧聲。

「媽媽。有人客來。」一個小孩叫著。

重重的腳步聲，也沒問一下什麼人，門就打開了。

開門的是個女人，三十出頭，長相應該不算難看，穿的衣服不錯，只是邋遢了一點。有著明顯婚後發福的體型。手裡拿了一雙筷子，看到來的是陌生人，把拿筷子的手藏到身後去。她問：「做什麼的？」

林淑貞開口道：「我們是你新房客的朋友，來看她。」

「好吧，進來。」女人不情不願地說。

張志強把沒有鞋帶的便鞋趕快一脫，搶先林淑貞半步，走進二樓陽台，跨過開著的落地長窗進了客廳。

客廳只能用亂七八糟來形容，沒有一件傢俱是在應在的位置上。一看就知道這家人從來沒有訪客。左牆邊一張質地不錯的咖啡桌，一面靠窗，一面靠牆，一面緊挨長沙發，長沙發已被孩子折騰得不像樣了。咖啡桌要不是藏在牆角，怕早完蛋了。長沙發另一邊靠手的背後，竟然靠牆放著一架電視機。電視機螢幕正對著一張飯桌。飯桌的位置擋住了廚房出入的方便，飯桌上狼藉著早餐的殘局。客廳的大部分空出來給孩子們作戰場，此刻三個男孩子已好戲登場了，玩具一直沒人玩，一看有陌生人進來更是人來瘋，跳上跳下，這三個男孩大概是兩歲、三歲、五歲吧，張志強估計。

電視機背後的那面牆上有個大鏡框，裡面是十多張集錦照，鏡框玻璃外還插了兩張。照片中的男人有好幾張在船上的照片。張志強猜孩子們的爸爸是船員。

電視機此刻正放著日本連續劇的錄影帶。

張志強突然明白了，飯桌怎麼會在這樣一個地方。

媽媽往飯桌旁一坐，吃飯也好，工作也好，三個頑皮男孩去不了廚房，他們在外面把天拆下來，做媽媽的也不擔心，照樣可看她的錄影帶。

胖房東太太把門砰地關上，跟在林淑貞後面，嘴裡不高興地大叫道：「嚴小姐，人客來看你。」

電視機左面的牆後是個通臥房的走道，裡面一個女人大叫道：「謝謝……是不是雪珠來了？」

林淑貞侷促地在客廳空出來的空間裡，小心著不要踩到地上的玩具，沒有應聲。腳步聲自走道匆匆出來，一面在說：「就知道只有你會來，為什麼不先打個電……」

一看來人竟是絕對想不到的人，出來的女人兩眼瞪得大大的，把說到一半的話吞了一半回去，愣在那裡不知怎麼辦。

張志強再次看到他當實習醫生的第一個病人。此時她穿的是黑色的尼龍晨袍，有點發亮，裡面薄薄的睡衣，斜大方塊的壓線。頭髮梳得整齊光亮，手裡拿了把很精緻的髮梳，張志強突然想起了一句電視廣告詞，「她最寶貝她的頭髮了。」

嚴小姐瞪大了的眼中，充滿了驚奇與顧忌，卻不見絲毫恐懼之色。

林淑貞突然發揮她的機智說：「嚴小姐，我有句話和你說，到你房裡去。我們讓張大夫客廳坐一下好了。」

嚴小姐看看客廳，看看好奇心十足的房東太太，突然下定決心，說道：「兩位一起到我房裡來好了。反正我告訴你們兩句話，你們就會走的。」

嚴小姐這次的閨房可不高明，一張單人床，要不是床尾沒有床頭板，這床對嚴小姐來說可能短了幾公分。一座廉價的雜木化妝台，兩張過大的沙發，顯然是和客廳長沙發一套的，沒有茶几。

壁櫃外有一個大旅行箱，一個中旅行箱，都是秋海棠色，當中都有一條紅黃彩帶，是義大利名牌「古氣」的標誌。她沒有把旅行箱放進衣櫃去，也許有的東西還沒拿出來，當然是遷來後對環境不滿意，準備再搬家的。

嚴小姐沒請他們坐，她把門一關，立即開口道：「小姐，我告訴你們，唯一你們能找到我的可能，是陳雪珠透露的。但是……她絕對不會告訴你們，除非她不知道你們找我做什麼。」

「我們不是……」林淑貞說。

「我老實告訴你們。」嚴小姐：「我並沒有懷孕，我還是小姐，上次去醫院檢驗的是陳雪珠的小便，她沒空去，我代她去，所以用的是她的名字。你們一定要捉住我打針，我怎麼肯呢。」

「怪不得你說你不會打胎的。」張志強衝口而出，才覺得自己說話太唐突，立即加了一句道：「但是你為什麼說這個孩子千萬不能生呢？」

「是的。」嚴小姐反倒大方地說，張志強知道這是回答他第一個問題的，所以不開口，等她繼續說下去。嚴小姐考慮了一下，下定決心回答道：「因為孩子的媽媽有一種特別的病，對胎兒有很不好的影響。」

「我懂了。」張志強說：「你是指陳雪珠的嗎啡癮那麼重，生出的胎兒會不正常。但是，陳雪珠根本沒有懷孕。」

「什麼？」嚴小姐問：「你在說什麼？這些都是陳雪珠告……」

「陳雪珠已經死了好多天了。」張志強說：「是屍體解剖發現她並沒有懷孕的。」

嚴小姐震驚得跌坐在床上，林淑貞急忙把化妝台前小圓凳拉過來，和嚴小姐面對面坐下，握著嚴小姐的手。

過不久，嚴小姐就恢復了鎮靜，她問：「陳雪珠怎麼死的？我不相信她沒有懷孕。」

張志強說：「警察現在正在找你，他們認為你參與其事，把指紋消滅之後，自己逃了。」

「參與什麼事？」嚴小姐問：「我沒有消滅什麼指紋呀！我也沒有逃，你們到底和陳小姐，和警察，有什麼關係？」

張志強道：「別急，警察現在只把你看作證人，只要你肯出面說明，就沒有你的事。」

嚴小姐坦直地說：「好呀，現在就去，我想最多他們說我知道有人打嗎啡不報案，那不是大事。」她站起來，一副要立刻行動的樣子，後來突然發現自己穿的不能上街，猶豫了一下。

張志強說：「最簡單的方法，是我們現在去分局找高組長，今天星期天，但是高組長如果知道你要出面說明，他會趕回分局的。可是你就這樣進分局，容易引起誤會。我看這樣好了，我現在去找高組長，你也可以換件衣服，林小姐會趁這時間把這幾天發生的事告訴你。我們找個地方碰頭。」

「這時候那麼早，」林淑貞說：「什麼店也沒開呀。」

張志強說：「我想到最合適的地方了，福華飯店二樓咖啡廳。又好談話，又沒有人注意。」

「好，」林淑貞說：「不見不散，你去找高組長，我把嚴小姐不知道的告訴她。你先走，嚴小姐還要換衣服，先到先等。」

張志強轉向嚴小姐：「嚴小姐，你放心，不會有事的，他們只是要知道陳休珠的背景。」

「陳『休』珠？」嚴小姐問。

林淑貞把張志強推出去，一面向嚴小姐說：「我來解釋給你聽。」

# 第十九章　最後一張王牌

張志強是第一個到福華飯店的，他研究了一下，決定找一個卡座。這裡卡座很大，張志強估計有卡座的一邊請林淑貞、嚴小姐，和李警官坐，大概還很舒服，小姐們的對面請高組長和游警官坐，自己則準備要張椅子在中間，這樣好談話。

他告訴服務生還有五個人要來，服務生建議可以拼桌，大家坐起來舒服一點，張志強婉拒了。

高組長家裡電話是分局告訴張志強的。張志強把情況告訴高組長，高組長一面道謝，一面對他說他會聯絡游警官一起去，高組長顧慮到嚴小姐是個女孩子，所以他請游警官去接李警官一同前往，而且要李警官穿便衣。

高組長是第二個到達的。他只比張志強晚到四、五分鐘，鬍鬚刮得很光。

他一面向服務生要了咖啡，一面急著要聽張志強找到神秘女郎的過程。

張志強極簡單地說了一下過程，便對組長說：「那位小姐姓嚴，我還來不及問她在哪裡工作，我想一切等你來問好一點。

「我們去找她時，她從房裡叫陳雪珠的名字，以為是陳雪珠來看地了。後來她又一口咬定是陳雪珠把地址告訴我們的，可見她不知陳雪珠死了，是真的。而且她告訴我們，她也沒有懷孕。她仍說是陳雪珠懷孕了。」

組長說：「那怎麼可能？」摸摸刮得很光的鬍髭，又加一句道：「那是誰懷孕了？」

張志強說：「她說是陳雪珠拜託她去查小便的。嚴小姐自己沒懷孕，所以她才拒絕打針，也說絕不會去打胎。」

「會不會是說謊？」

「一點也不像，坦誠得要命。」

游警官和李警官匆匆進來。張志強起身讓李警官坐到自己裡面去，一面解釋自己安排的坐次，大家坐定。

張志強一半解釋給後來的聽，一半繼續話題：「她說她帶到醫院的是陳雪珠的小便，陳雪珠沒空去醫院，才請她帶去檢查，因為嚴小姐本身沒懷孕，她當然絕不會去打胎。她知道陳雪珠嗎啡癮很大，所以她說懷孕就慘了，孩子絕不能生下來。」

「但是陳休珠沒有懷孕呀。你該不會要告訴我，她說的陳雪珠不是我們說的陳休珠吧？」說完這句話，高組長自己都笑了。他又問道：「她有沒有說為什麼匆匆跑掉？」

「我一句話都沒有問她。」張志強說：「我只是帶林小姐去確定是她。告訴她警察在找她，她自願立即見高組長。不過她說過她並沒有消滅指紋。我讓林小姐留下陪她過來，我就出來打電話了。我見她前後不到兩分鐘……」

這時，林淑貞已陪了嚴小姐進門，也許是故意的，也許是林淑貞建議，嚴小姐今天的打扮和那天去醫院完全一樣。一樣的髮型頭飾、一樣的黑色短袖緊身毛衣、及膝裙，黑毛長袖上衣同樣是披在肩上，這次張志強和其他人看清楚了她的鞋子，和林淑貞那天形容的一模一樣。

張志強自己移了一張早已看好的椅子過來，把自己的咖啡移過來，一面讓坐，一面介紹嚴小姐和三位警察認識。因為女生的一面必須坐三個人，稍有點擠，李警官很自然的伸出左手，把嚴小姐向自己身旁拉近一點，她說：「張大夫一直說你漂亮、高貴，今天看來真的和畫像長得一模一樣。」

「李小姐，謝謝你，我聽林小姐說有張畫像，我真希望能看一下。」嚴小姐說。林淑貞告訴張志強，她們是走過來的，沒想到高組長那麼容易找到。不過她把嚴小姐該知道的都告訴她了。

李警官以詢問的眼光看向高組長，高組長點點頭，李警官自皮包裡拿出三張畫像的影印本，連嚴小姐自己也看呆了，一面問能不能留下做紀念，一面感激地看向張志強。張志強不好意思，看向林淑貞，林淑貞好像已經是嚴小姐的好朋友了，她向大家說：「各位，本人正式給各位介紹——神秘女郎嚴家蘭小姐。」

服務生過來，大家因為急著要聽嚴家蘭講話，便隨意叫了咖啡。

服務生一走。大家的眼光幾乎全都投向嚴家蘭。

嚴家蘭已經鎮定下來，她正如張志強估計，見過大場面，不慌不忙地打開那只稍嫌大一點的黑色女用皮包，拿出一張身分證，交給高組長。

她說：「這一個禮拜害你們找我，非常對不起。聽林小姐說，有那麼多不利於我的巧合，你們仍把我列為證人，而不是嫌犯，我更感激。」

「我姓嚴，嚴家蘭，家父的姓名，身分證上有，你可能聽到過，在高雄市有點名望。我是高雄女中和台大畢業的，畢業後就進入銀行，機會巧，現在是該行業務部的襄理了。」

說到這裡，嚴小姐又拿出一張銀行服務證，高組長接過看了一下，立即很客氣地把身分證和服務證交回給她。

嚴家蘭一個人在北部工作，不願意住在親友家裡，事實上也沒有太合適的親友家可住，所以一直是和別人分租。因為在四個月之前升職了，薪水也多了，所以就想找一個清靜一點的住處。羅斯福路的公寓住客身分雖都不十分正經，但是最近兩個半月她住在這公寓裡，可以說是再適合不過了。整個公寓除了一間臥室外，等於是她一個人用的。她上班時陳雪珠在睡覺，陳雪珠下班時，她早已睡了，她和陳雪珠經常五、六天見不到面。兩個人都非常自愛，用過客廳或廚房都會清理好，而且她們都不在家招待客人。

「知道陳休珠身世嗎？」高組長問。

「喔！我叫慣她陳雪珠了。聽林小姐說她真名是陳休珠，我該改稱她陳休珠才對。」嚴小姐說：「斷斷續續，我知道她很多身世。相信和她死亡也是有關係的。」

嚴家蘭說，自她看報約定時間去看分租的房間後，她愛上了那個地方的清靜自在，她只有在星期天和假日的中午才會和陳休珠見面，兩個人會弄些簡便的東西吃吃，交換一點身世。

陳休珠在嚴家蘭的心目中，是一個身世可憐到極點，但又希望能潔身自好、力爭上游的人。

以嚴家蘭的出身，她根本不相信在同一塊樂土上，竟有這樣可憐又無法自持脫出困境的人。

她知道陳休珠每晚一、兩點鐘或更晚——甚而清晨回家之後，非服大量安眠藥不能入睡。不久她又知道陳休珠每天回來或出去上班之前，一定要靜脈注射一次嗎啡，才能鎮靜下來，否則就如同廢人。

她說陳休珠很迷信，只要聽任何人說什麼人算命很準，一定會千方百計的去試。

陳休珠曾一再說過自己命很不好，對這一點十分在意。

嚴家蘭說陳休珠自稱是來自東部的鄉下，小學的時候功課極好，也有過好好讀書，到大都市求發展的夢想。但是十三歲小學畢業後，家中根本不考慮給她升學。且不久之後，她被親戚帶出來「做工」。但是她馬上知道是她父母聽了親戚的話，把她賣給私娼館了。她的親戚和父母都拿了私娼館的錢了。可憐她十三歲開始就成為雛妓，從此過著暗無天日的生活。

她賣身的合約是五年。據陳休珠告訴嚴家蘭，很少父母狠得下心腸把自己女兒賣掉五年的，通常只賣兩、三年。這五年中每次接客，老鴇給她大概四分之一包香菸錢，算是買胭脂口紅的，所有雛妓不准出門。吵久了要看電影，也是兩個保鏢帶兩、三個雛妓去看午後第一場，她從來沒有上街買過東西，一天接客幾十次積一點錢，自有人會拿東西進私娼館賣給她們。

「後來怎麼啦？」高組長自然對這種事很清楚。嚴家蘭唯恐別人不知道地在說著她認為的新鮮事。

嚴家蘭說後來陳休珠認命了，因為一反抗，就有阿姨老鴇揍她，還會叫保鏢揍她、欺侮她。逃走是完全沒有機會的，即使成功，家中父母也會受惡勢力壓迫，並且還要擔心被私娼集團的組織抓回去。何況身分證已被他們扣在手中。

陳休珠十八歲前什麼都不想，只想熬過這五年，脫離苦海。據陳休珠說，這些人信用是有的，無論賣幾年，只要時間一到，他們會把身分證還她，凡是不再幹的可以放她們走。但是很多人因為無一技之長，願意以自由之身和他們拆帳，這種人很自由，可以隨便上街，賺的錢可以自己花。

陳休珠決心一還完狠心父母這筆帳，就馬上離開，也不再認這父母，自己去工廠做工，自食其力，重新開始。

但是，就在快折磨完五年的時候，她父母又拿了一大筆錢，又把她賣了五年，這對她無疑是晴天霹靂，她反抗、她自殺，但換來的是全身傷痕和餓肚子。最後她又妥協了。阿姨知道她的心意，到底這年齡的女孩強制不住的，於是對她百般討好，說怕她有病，每天給她打消炎針，其實針筒裡是嗎啡，沒有三個月，她就被嗎啡控制了。

陳休珠每次下決心要逃亡時，想到每天兩次的嗎啡她拿不到手，就放棄了，而且保鏢也看得緊，即使出得了門，也出不了巷子。

又過了一年，機會來了。一個第一次來的客人，見到她的針孔，他身邊有藥，給她打針興奮興奮，她要求客人救她出去，自願幫他做任何事。那客人是中部的小混混，兩個人設計好，第二天在最熱鬧的時候，小混混偷了輛摩托車，戴了口罩在巷裡經過，陳休珠假裝上去拉客，趁保鏢不注意，拉了十幾、二十步，跨上後座，就和小混混溜了，兩個人立即乘野雞車去中部。陳休珠就如此和小混混同居，自己也變了毒販。

「後來怎麼樣，我們急著知道近事？」高組長客氣地催道。

「她脫離這小混混也不是容易的。所以除了私娼館的保鏢、小混混之外，還有不少人要找她，任何一個人找到她，她都不好受，她沒有朋友，從不寫信，除了工作絕不外出。」嚴家蘭說。

高組長問：「陳休珠有沒有告訴你，她在哪裡工作？」

「沒有。」嚴家蘭說：「我問過她，她只說這種場所和我的生活是兩個世界，她不願說，我也不便再問，但是她每天下午三、四點離開家裡，不到半夜一、兩點不回來，穿得很花，妝化得很濃，從來沒有休假，一聽也知道不是正當生意。」

「有相似的女人來看她嗎？」高組長問。

「沒有，連電話也沒有。」

「後來又如何？」

「她在外地混了很久，後來有同事約她回北部。她想事情過了七、八年了，她回來小心些也許可以混過去。」

「是不是最後那一幫人又找上她了？」

「是原始的第一幫人。」

「請你把知道的說一下。」高組長說。

「是十月一日，星期二。」嚴家蘭說：「中午快要休息的時候，陳休珠來銀行找我——她知道我在那裡工作，但是來銀行找我還是頭一次。」

「陳休珠告訴我大事不好，她發現可能有孕了。我以前力勸她戒除嗎啡，而且告訴過她，萬一將來結婚生子的話，胎兒每天接受嗎啡會有多大影響，一出母體就會打呵欠來癮。

「陳休珠說她自己不能去看醫生，因為萬一要檢查，她大腿上的疤是逃不過醫生眼睛的。但是她又急著要知道是否真懷孕了，所以她帶來了一小瓶的小便，她要我幫她去醫院檢驗，而且要弄一張證明。她說我和她的年齡只差一歲，叫我用她的名字，將來我不會有懷過孕的記錄。

「剛才林小姐告訴我，陳休珠根本沒有懷孕，現在想起來，她是有目的的找了一個正好有孕姐妹的小便，叫我去給她拿證明的，她自己不敢去醫院，倒可能是實情。」

高組長問：「為什麼她要一張假的懷孕證明呢？」

「當初我不知道小便不是她的，」嚴家蘭說：「現在我有些知道了，聽我說下去。」

嚴家蘭說十月一日自醫院裡拿了檢驗單之後，她回一下銀行，在五點三刻就回到公寓了。她竟發現陳休珠緊張不安地在家等她，嚴家蘭起初以為她是為了懷孕所以不安。她一面拿出檢驗單，一面講著安慰陳休珠的話。

陳休珠根本沒有去看檢驗單，現在想來她是一定知道檢驗結果的。

陳休珠告訴嚴家蘭，由於突發的原因，希望嚴家蘭能立即遷出她的公寓，她每個月十七日付房租，已經住的半個月不要她房租。

嚴家蘭不知她準備幹什麼，告訴她除非知道原因，否則絕不遷出。

陳休珠不得已，告訴她說：「不知怎麼回事，我被盯上了。盯上我的，是出名的壞胚子流氓『猛仔』。以前我在做的時後，他就老欺悔我，這個人穿得漂漂亮亮但不做人事。他一定盯我好多天了。今早兩點我回家的時候，他在公寓門口等我。我看他是一個人，我請他上來，他不肯，我答應他把所有現鈔給他，他也不肯。最後答應他今天晚上九點在家等他談判。」

嚴家蘭繼續陳述，她問陳休珠談判會有什麼結果。陳休珠說當初她做完五年，家裡人拿了他們一大筆錢，又把她賣了五年。她逃了之後，追她的人到處找她，但就是不向她家中要回那筆錢。老鴇表示人已經賣給私娼館了，一切和家中無涉，家中也不敢收留逃回的人。逃走的人給捉回去，家人也不敢開口，生死都只能認了。

陳休珠告訴嚴家蘭，只有猛仔一個人來她不怕。事過八、九年了，現在她又有孕在身，把她弄回去，也是個累贅，也許把所有積蓄給猛仔，答應他不斷敲詐，可以暫時過關，將來的事將來再說。這種方法，她已用過好多次了。

陳休珠說她最怕是阿姨跟他一起來了。阿姨是從十三歲開始第一個折磨她的人，所有雛妓天生最怕阿姨。陳休珠說假如猛仔帶了她原本的阿姨來，猛仔照樣可以拿一筆獎金，她就逃不了。

嚴家蘭勸她報警。陳休珠說報警不是辦法，她自己會被送進勒戒所，說不定牽出自己販過毒，還要坐牢，下場和被猛仔捉回去差不多。再說她自己的父母也會吃上販賣人口的官司。何況，猛仔他們沒有留下證據，警察也無可奈何。回頭來，這些人仍像附骨之蛆叮在身上。

陳休珠告訴她，這些保鏢坐牢是家常便飯。為了私娼館的事坐牢，除了本身的私娼館外，其他私娼館也會湊錢，有家的按月送安家費，沒家的存在兄弟那裡，等他出來享用，那種錢比工作時的薪水還多。

張志強看向高組長，高組長說：「不錯，黑社會自有控制的一套法則。」他轉向嚴小姐：「之後呢？」

「之後，」嚴家蘭說：「我問她準備怎麼辦？」

「她準備怎麼辦？」

「她說她寧死也絕不會回去過這種生活，她會用懷孕為理由，告訴他們捉她回去反而是累贅，她會以死為要脅，如果還她自由，她會按時還錢，直到他們給她家裡的錢和利息付清為止。」

「她又說要是阿姨也來的話，她就會很怕，要不出來，但是這次她下定決心，如果他們要捉她回去，他們都會吃不完兜著走，她已經有最後一張王牌，會使他們很難處理。」

高組長問：「陳休珠有沒有告訴你，是什麼王牌？」

「沒有。」嚴家蘭說：「但是她告訴我，我必須立即離開，否則不但她無法使出這張王牌，而且將來可能會牽涉到我。她絕對不會把我牽進去的，但一定要我搬走。」

「你是在她催促中離開的？」組長問。

「她問我如果馬上搬走可以去哪裡？」嚴家蘭說：「我告訴她，我沒地方去。於是她看報紙幫我找到泰順街的房子，她說好歹先住幾天，再找第二家，她既不要我十天的房錢，還可以貼補我搬家費，但是我一定要給她房租……」

「最後呢？」高組長打斷她的話問。

「最後，」嚴小姐說：「她幫我整理東西，亂七八糟把東西很快全部裝進行李箱，確定我沒有任何東西留下，不會有人追查到我住過這裡之後，她才把報紙交給我，要我去她替我打電話決定的公寓。她告訴我，要是一切平安，會來看我讓我住回去。我就這麼走了。」

「你沒有回去過？」高組長問。

「她特別叮囑我不可以打電話、不可以回去，她要我隔離在外，不要混進江湖是非。」

「離開的時候，你的臥室是髒亂不堪的？還是一張紙也沒有，乾乾淨淨的？」組長問。

「不算太髒，」嚴小姐說：「但也絕不是一張紙都沒有那麼乾淨。」

「你也使用她的廚房？」組長問。

「是的，」她說：「我自己根本沒買過廚房用具，但是早上煎個蛋，烤片吐司，晚上熱些現成食品都用她的廚具。」

「嚴小姐，對不起，問一個不太得體的問題。」組長說：「你自己……自己有沒有犯過什麼法？」

嚴小姐大方地笑笑說：「沒有，這問題張大夫說起過，林小姐後來也告訴我原委了。我不怕有人知道我住過那個公寓，我沒有把自己的指紋都消滅掉……

「我現在回想，指紋應該是我走後陳小姐怕把我牽進去，她自己擦的。但是，假如是如此的話，那表示她事先知道警察會去她公寓採指紋，她是自殺的。她不可能知道有人會謀殺她。」

高組長大笑道：「突然之間，我們業餘偵探來了那麼多，我看我們這碗飯越來越難吃了。」

嚴小姐有點不好意思，訕訕的。張志強想到這些天他給高組長找來的麻煩；林淑貞在想，自己是不是給嚴小姐透露太多消息了？

高組長怕他們受窘，接下去說：「陳休珠是被謀殺的，沒有錯。我見過太多服安眠藥自殺的屍體，在昏迷後到死亡之間，通常會大量出冷汗，床單會濕；會不安地翻動，床單會亂；而且幾乎都有嘔吐，現場少有不狼藉的。

「但是陳休珠是在半昏迷，或昏迷後打完針立即死亡的。也許是死於安眠藥和一劑嗎啡的合併作用，也許根本是好幾劑嗎啡一次注射立即致死的。」

張志強說：「但是包藥紙只有一張呀。」

高組長說：「那不是更證明是別人幹的好事，好幾劑一起打，只留一張包裝紙，佈置成自己注射死亡。」

「但願我講的對你有用，組長。」嚴小姐說。

「有用，有用。」高組長說：「她有沒有告訴你她工作地方的名稱？」

「沒有。」

「她的真姓名？」

「沒有。」

「毒品來源？」

「沒有。」

高組長摸摸下巴，想了一下問道：「我想你兩個半月來，從來沒有進過陳休珠的臥房，對嗎？」

「是的，」嚴家蘭道：「我從來沒進去過，你怎麼知道？」

高組長又想了想說：「因為只有這樣才說得通。」

大家對他看看，沒有人開口。

「嚴小姐，」高組長說：「那位張大夫……和林小姐把你形容得絕對不可能和兇案有關，起先我還認為他們先入為主了。現在我完全同意，他們是對的。」

「我現在也把你算作自己人，我來研究一下你離開後，公寓裡發生的情況。有不對的時候，大家可以立即反駁。」

李警官一直欣賞嚴小姐的大方、鎮靜、美麗，一聽組長那麼說，自然地握住她放在桌上的手，給她點鼓勵，也表示友誼。張志強發現女警有的時候可達到某些男警無法完成的任務。

組長說：「十月一日，嚴小姐離開公寓，陳休珠把嚴小姐臥室打掃了一下，確定沒有任何足證嚴小姐住過的證據後，把有窗臥室、廚房、廚具、客廳、浴廁中的所有指紋都擦掉，因為兇手不會擦抹廚具，而且也只有陳休珠本人知道嚴小姐從未進過她臥室，所以她自己臥室的指紋並沒有擦。

「當然，我們的假設是根據嚴小姐沒有擦掉指紋來說的。第一次擦掉指紋的人，如果不是嚴小姐，就只有陳休珠。」

「第一次？」嚴小姐和林淑貞同時問。

「當然，」游警官第一次發言：「客廳桌上沒有『猛仔』和阿姨的指紋呀。」

「嗯。」高組長說：「陳休珠準備好三杯咖啡，其中一杯是有大量安眠藥的。電熱水瓶壓口上不是有指紋嗎？可是咖啡、奶精、糖罐上都沒指紋。」

「她準備幹什麼呢？」張志強問。

「想想有安眠藥的那杯，是準備給誰喝的，就知道了。萬一『猛仔』一個人來開談判，她可能給他喝了，讓他睡在公寓裡，死活不管，她自己先溜。也許她擦掉指紋，趕走嚴小姐，不准她回來，為的就是這個。」

大家點點頭。

高組長繼續摸著下巴說：「她準備三杯咖啡，但是只有一杯有安眠藥——不是兩杯有安眠藥，足證萬一來客是兩位的話，陳休珠是不準備把安眠藥給任何一位客人喝的。也許她還是打心裡面怕阿姨，不敢反抗她，也不敢給她服有藥的咖啡，所以那杯咖啡當然是準備在恰當的時候自己喝的。

「我想陳休珠在猛仔和阿姨來後，給他們看懷孕的檢驗單，告訴他們願意還錢，向他們說理、求情。但是可能都沒見效，於是她使出最後一招，把有大量安眠藥的咖啡喝掉，我不知她的計畫是什麼，但大概只有兩種可能：

「第一，她跟他們回去，藥性發作，他們只好把她匿名送醫，然後自行逃走。這樣，至少他們知道她的決心了。也許會知難而退，或和她妥協。」

「第二，在他們離開前發作，他們逃了，即使自己醒不回來，擦拭過的客廳只有猛仔、阿姨和她的指紋，猛仔是當過兵的，十之八、九有前科，很難解釋為何在現場留下指紋。這是她對嚴小姐說的最後一張牌，叫他們吃不完兜著走的最後一招。」

「組長，」游警官說：「你乾脆再說說最後怎麼會演變成注射毒品和移屍的？」

「陳休珠在時效上一定沒能控制得恰到好處，」組長說：「她在認為談判不可能妥協時，喝下了咖啡和安眠藥；但由於她是空腹，不多久就昏昏欲睡，或是立即人事不知，真的『死給他們看』了。」

「猛仔和阿姨一商量。也許是以為她癮來了，所以給她一劑試試；也許是決心不要她醒回來留活口了，給了她好多劑，再做成她自己打一劑出了意外的樣子。反正，加上安眠藥的合併效果，針頭拔出來前後，她就死了。否則她會嘔吐，出冷汗的。

「隨後他們發現放在客廳不妥，就移屍。又怕指紋留在客廳，就把碰過的地方擦拭一下，他們當然只抹客廳。」

大家靜下來，各有心事。

「我們能找到這兩個人嗎？」李警官問。

「即使找到了，能證明嗎？」游警官問。

高組長：「案子是弄明白了。嚴小姐，我們絕對相信你是無辜的。但是，你是本案的重要證人，我們希望你如果要遷居或離開市區，能和李小姐聯絡一下。」

「我會的。」嚴小姐說：「現在住的地方不好，搬家是一定的。等我看好房子，我一定會和李小姐聯絡的。」

高組長向張志強說：「張大夫，你幫了我們很多忙，真的十分感激。現在開始，這件案子扯上了黑道，你犯不著再往裡鑽了。

「案子是一定會破的，我們循陳休珠父母和她舅舅的線索，一定能查出她當初被賣給哪一家私娼館，不讓歹徒逍遙法外是一定的。等案子破了，我們會告訴你，到底你是我們的自己人。」

# 第二十章　警察的力量

（七十五年一月二十一日　D日後四個月、即次年）

張志強拿起電話，來電話的竟是高組長。

自從四個月前在福華飯店分手後，他和高組長非但沒有見過面，而且因為實習醫生的工作繁忙，對這件案子他也幾乎已經忘記了。

「張大夫嗎？我高組長呀！」

「是的，組長。你好。」

「今天晚上有空嗎？請你吃飯。」

「怎麼啦？組長，每次都是你請客，不好意思，有什麼事嗎？」

「游警官你記得的吧？調升了，今晚我要請他吃晚飯，」高組長說：「順便告訴你，案子破了，人犯今天移送法院了。也許你想……」

「我要來，」張志強說，「幾點？在哪裡？」

「六點整，」高組長說：「就在上次吃晚飯的牛肉麵館，今天我自己掏腰包，你愛吃什麼都可以。」

「一定來，謝謝你想起我。」

一下班，張志強就匆匆趕過去，到麵館時六點還差十多分鐘，但是高組長和游警官已經到了，大概他們也是一下班就來了。

張志強先向游警官道賀，游警官客氣地說跟高組長多年，學了不少，都靠高組長推薦提拔。

三人點些下酒的滷味、小菜，還要了啤酒，張志強便迫不及待地問：「案子怎麼破的？」

「猛仔自首了。」

「自首？」張志強問：「我們不是早就知道是他幹的，最多也只能算投案呀？」

「你聽我說吧。」高組長說：「這件案子一開始是自己注射毒品致死案，而後因為一些小的疑問，有點像他殺案。結果突然出來了一個神秘女郎，急轉直下又變成了謀殺案。不過，神秘女郎一出面，案子就一清二楚了，剩下的，只是找到猛仔。但是我當天說過，要證明也是困難萬分的。我們不能單憑嚴小姐聽陳休珠說有個猛仔，就辨猛仔。我們也知道，沒有目擊證人、沒有現場證據，怎麼辨人？」

張志強點點頭。

滷味和小菜來了，大家應酬地互敬。

「為了這件事，我一直派李警官招呼陳休珠的家人。」高組長繼續道：「我們非但發動了陳休珠的弟弟，也動員了來參與喪禮的族人，催迫陳休珠的父母說出詳情，結果發現：兩老是真的不知當初陳休珠賣給什麼人了。兩老活到那麼大年紀，除了這次之外，從來沒出過遠門，一切都是小流氓舅舅在作主。第二次的出賣，也是她舅舅阿廖仔的傑作，生意談妥，阿廖仔吃掉的比陳休珠的父母還多，後來阿廖仔一死，陳休珠一逃，黑社會和陳休珠的父母怎麼也扯不清，就是這原因。」

張志強點點頭，心想這筆帳當然扯不清。

「我簡單一些說。」高組長說：「追阿廖仔容易，我們向一些混了二十年以上的線民打聽，不久就知道了一個當時專門替那兩、三家私娼館物色雛妓的廖太民。廖太民是陳休珠媽媽幾十竿子也打不到的表弟，他倒是壽終正寢，病死於市立醫院三等病房。我看到資料了，因為酒喝太多，肝硬化、腹水、食道靜脈曲張、出血，最後是大吐血而亡的。管區依身分證通知家屬也沒人來，一定是怕付醫藥費。

「當初他跑得很勤的三家私娼館，確實有個叫猛仔的保鏢，現在已經混出了頭，在地方角頭老大底下聽差，反過來專門欺侮坐在私娼館門外的小混混。

「我們一開始打聽，猛仔一下子就溜了。再也找不到了。」

「那怎麼辦猛仔？」張志強聽緊張了，高組長突然停下，他就衝口而出，再一想何必緊張，人不是已移送地檢處了嗎。

高組長笑笑：「我那天告訴過你，我們有我們一貫的作業方法。」他說：「其實一切只是優先問題，以今日台灣的戶政之綿密，通訊網密佈，要捉個小流氓會捉不到嗎？

「只是這一個不同，捉到了又如何，他說他當日在別的地方連賭了三天，有四個人證，你能對他如何？」

高組長喝了點酒，繼續說：「後來我們聯絡管區，天天去那幾家私娼館臨檢站衛兵。」

「那是為什麼？」張志強問。

「為了讓他們生意大減，吃不消。不久之後，果然他們就透過中間人來打聽我們為的是什麼。於是我們放消息出去，告訴他們我們要猛仔，因為他殺了人，猛仔不出來，我們站崗站到底。」

張志強說：「萬一他真不出來呢？」

「不會的。」高組長說：「他不出來，他的黑道大哥為了生計也會追他出來的。不過他們也會討價還價，先看能不能弄個人出來頂一頂，不行的時候，希望能算自首，或請求移送的時候罪名輕一點。」

「他出來了？」張志強問。

「出來了。」

「算自首？」

「算自首。」

「什麼罪移送的？」

「遺棄屍體罪、施打毒品罪。」

「不是便宜他了嗎？」

「如果硬捉，到時他死不認帳，我們也麻煩。」

「那阿姨呢？」張志強問。

「什麼阿姨？」

「不是兩個客人中有一個是女的，我們認為可能是阿姨嗎？」張志強說。

「猛仔一口咬定他是一個人去見陳休珠的，」高組長說：「他說他和她本來是朋友，不過好多年久別重逢，他根本不是去那裡談判的。他進去時，桌上已經有兩個咖啡杯了，他說是陳休珠才招待過客人，而那客人走了。陳休珠又給他一杯咖啡，喝著喝著陳休珠打起哈欠來。

「猛仔一口咬定陳休珠自己說癮來了，自己倒在沙發上打嗎啡。猛仔以為她在過癮，沒去理她，但是過沒多久，發現她是死了。猛仔說他慌了，怕麻煩上身，何況自己也有毒癮，所以他把她移進臥室，佈置成自己打針打死的，然後把桌上指紋擦去，跑掉了。」

「阿姨是找不到的了？」張志強說。

「一共有三個可疑的阿姨，我們不知道是哪一個。拿了照片問管理員、藥房，都沒結果。其實猛仔一口咬定當時只有他一個人在場，我們也拿他沒辦法。」

「你想猛仔坐牢還有錢拿？」張志強問。

「據我想，他聽黑道大哥的話出面，大哥不會虧待他的，而阿姨的那份是少不了的，另外地區裡各館子尚得每館湊一份。」

張志強問：「會不會這個猛仔也是頂人頭的？」

「這倒不會，」高組長說：「我們有線民，而且我親自問了他很多問題，不是他本人，絕回答不出來的。」

「那他會被判幾年？」張志強問。

「你會很奇怪，照他所供的，他看到陳休珠打針，過一下發現她死了。他怕了，把屍體移到房裡，我們在刑法上找不到比遺棄屍體更重的罪來移送他。刑法第二百四十七條，這個罪只是六個月以上、五年以下有期徒刑。我們從他的小便檢查發現有毒品反應，還硬給他加了條施打毒品罪，以肅清菸毒條例來移送，也只合第九條的自己施打毒品罪，那是三年以上、七年以下有期徒刑。而他因為沒有施打毒品的前科，法院多半以最低三年來判他。加上遺棄屍體算他判一年，合併後最多只有三年半徒刑。他年輕時有很多前科，都是傷害、賭博、風化罪，保釋期已過，所以這次他要是在牢中行為良好，兩年不到又出來了。而且他的毒癮不大，甚至都不必送勒戒所。」

「怪不得他肯出來自首。」

「當然，他們常犯罪，已成了精了，死也不肯承認他替陳休珠打針，因為肅清菸毒條例第八條就是為他人施打嗎啡毒品，要比九條重得多，最高可以判死刑的。」

「阿姨的事就這樣算了嗎？」

「現在有嫌疑的有三個阿姨，我們不知道是哪一個。即使知道了，一點證據都沒有，我們不能只憑嚴小姐聽死者說有一位阿姨要來，或是咖啡杯有兩杯是女人用過的，就申請拘票。何況猛仔一口咬定沒有阿姨一起去。

「張大夫，陳休珠身世雖苦，但她到底是自己服下致死量的安眠藥，即使沒有後來打針的事，她還是會死的。」

「就醫學立場言，如果在發現她昏迷之初，就打『一一九』求救，救活希望極大。」

高組長說：「這絕對沒有錯，一條命是一條命，但陳休珠一定自己仔細考慮過，父母如此無情，她一廂情願地奉獻孝心，也沒有用。而且自己染上了毒癮，又沒有決心戒除它，再加上誤信了術士之言，以為自己命苦，她是心死了，只是有點不甘，勉強掙扎一下而已。

「其實，她真正的生機，不在猛仔他們有沒有打電話求救。她應該自己到勒戒所請求戒毒，向警方請求保護，或再積極一點，出面檢舉；自己從此學點技術，以正當方式自立。但是她還是選了最笨的方法。」

大家感嘆地喝了一陣子悶酒。

「好了，張大夫。」組長突然說：「我們不談這件事了。我們要好好喝點酒，歡送游警官，對這件事你該沒有什麼問題了吧？」

「只有一個，」張大夫問：「對嚴小姐佈下的天羅地網，生效了嗎？」

「那還用說。」組長說：「我們和嚴小姐談話後，立即撤銷了天羅地網。但是當天下午一點鐘，那個聽到廣播的年輕計程車駕駛就來局裡了。我們獎勵他一下，告訴他是巧合，真正要找的已經找到了。」

「倪伯父說得對。」張志強說：「千萬別低估了警察的力量，警察是一個團體，團體的力量的確是極大的。」

「這句話誰說的？」組長問：「他還說了些什麼？」

全書完

# 新編賈氏妙探 之30 最後一張牌

作者：周辛南
發行人：陳曉林
出版所：風雲時代出版股份有限公司
地址：10576台北市民生東路五段178號7樓之3
電話：(02) 2756-0949
傳真：(02) 2765-3799
執行主編：劉宇青
美術設計：吳宗潔
業務總監：張瑋鳳

出版日期：2024年2月 新修版一刷
版權授權：周辛南
ISBN：978-626-7303-23-8

風雲書網：http://www.eastbooks.com.tw
官方部落格：http://eastbooks.pixnet.net/blog
Facebook：http://www.facebook.com/h7560949
E-mail：h7560949@ms15.hinet.net
劃撥帳號：12043291
戶名：風雲時代出版股份有限公司

風雲發行所：33373桃園市龜山區公西村2鄰復興街304巷96號
電話：(03) 318-1378
傳真：(03) 318-1378
法律顧問：永然法律事務所 李永然律師
北辰著作權事務所 蕭雄淋律師

行政院新聞局局版台業字第3595號 營利事業統一編號22759935


**定價：299元** 

國家圖書館出版品預行編目資料

新編賈氏妙探. 30, 最後一張牌 / 賈德諾(Erle Stanley Gardner)著；周辛南譯. -- 臺北市：風雲時代出版股份有限公司, 2023.05　面；　公分

譯自：The last trump card
ISBN 978-626-7303-23-8（平裝）

874.57　　112002580